그녀가 꿈꾸은 다락방

일상에서 일어나는 편안함으로 꾸며진 이야기

하루애(愛) 박정숙

도서출판 맑은샘

책을 엮으며

어제는 아기에서 소녀로
오늘은 소녀에서 숙녀의 원숙미와 노련함으로
일상에서 일어나는 편안함으로 꾸미려 하는 다락방.

뿌연 안개가 드리워져 한 치 앞도 안 보이는 것 같았던 내일이
라는 시간이 두렵기만 했던 과거의 시간이 맑고 투명해 보이는
오늘 그리고 미래라고는 단정 지어 말할 수는 없지만, 이제는
말해도 되지 않을까는 생각을 해 본다.

어제와 내일보다는 오늘,
내겐 희망이고 삶이고
어제와 내일보다는 오늘,
내가 사랑할 수 있는 사람들을 만나고
어제와 내일보다는 오늘,
내가 불행보다는 행복을 찾을 수 있고
어제와 내일보다는 오늘,

내가 행복했기에 내일도 노력할 것이고

어제와 내일보다는 오늘,

내겐 작은 꿈을 실현해 나가도록 꿈을 키워 주는

다락방이 있어서 얼마나 다행이고 감사한 일인지를.

작은 것 하나라도 버리지 않고 내 안에 차곡차곡 모아두다 보면 어느 순간 꼭 필요한 것들을 하나하나씩 꺼내어 쓰게 된다. 머리가 희끗희끗 하얗게 변하여 더는 염색을 안 해도 될 즈음 그때도 지금처럼 이렇게 꿈을 이루기 위한 소망과 희망을 품고 있을까, 나 혼자만의 다락방이 아닌 나를 아는 모든 사람과 함께 호흡하며, 마음이 따뜻한 사람들의 이야기도 함께 나누는 다락방은 앞으로도 쭈욱 함께 하고 싶다.

"그 이야기의 주인공은 이 글을 읽고 있는 그대일 수도 있습니다."

2016년

50번째 생일에 출간하면서

하루애의 시와 수필집에 대하여

○
○
○

하루애는 다락방에서 탄생한 작가다. 문학소녀들에게 다락방은 아지트와 같은 곳이다. 그곳엔 비밀의 시간이 쌓여 있다.

하루애는 다락방에서 비밀스럽게 자신의 성castle을 쌓으며 자신을 이야기할 수 있는 꿈의 공간을 만들어왔다. 우리는 시간의 일상들을 종종 팽개쳐버리지만, 사실 그 일상들은 아무렇지도 않게 버려도 될 만큼 가치 없는 것들이 아니다.

삶 속에서 시간이란 무엇인가?

누구에게나 그 자신의 나이테 같은 것이며, 그 자신의 라이프스토리를 만들어가는 막Act이다. 하루애는 일상의 삶 속에서 자신의 이야기를 찾아내며, 그것을 시와 수필로 그려냈다. 거기엔 상상의 다락방에서 꿈꿔온 그만의 노래가 있으며 그만의 사랑이 있다.

그의 문장들은 '미학적'이지 않으나 '미적'이다. 미학적인 문장을 좋아하는 독자들은 소수이나, 미적인 문장을 좋아하는 독자들은 다수이다. 그의 산문들을 미적이라고 하는 이유는 그의 산문 속에서 묻어나는 진솔함 때문이다. 소위 좋은 글이란 쉬워야 하고 진실해야 한다고 하는데, 하루애의 산문들이 거기에 들어맞는다.

하루애는 딜레탕트^{Dilettante}한 시인이다. 시인의 뿌리는 딜레탕트다. 삶을, 지성을, 예술을, 그리고 자신이 좋아하는 것들을 사랑하지 않으면 안 되는 것이다.

시는 노래다. 하루애의 시는 가요 적이며 대중적이다.
시를 잊고 살아가는 모든 이들에게 주는 즐거움이다.

하루애의 시와 산문들은 수십 년 동안 자기만의 성에 서 살았다. 나는 그것을 그가 갖고 있었던 순수이며 자연이며 비밀이라고 말하고 싶다. 비밀은 밝혀지는 게 아니다. 하지만 알고 싶은 호기심을 준다. 하루애를 알고 싶다.

음악칼럼니스트 배석호

차.례.

가슴 가득 품은
따스함

그대 가슴이 따스한지
표현을 안 하니 알 수가 없잖아.
마음은 늘 한결같다고 말하지만
볼 수가 없어서 따스한지 차가운지
내 기준에 의해서 생각하게 되더라.

눈치를 봐야 할 때도 더러는 생기고
조심스레 엉뚱한 말 한마디 던지면
정곡을 찌르는 듯한 대답이 돌아오면
멋쩍어서 씨익 웃을 때도 있지!

그러다가 오히려 반문이 들어온 한마디
잘 지내?
어떻게 지내?
아픈 데는 없어?
힘든 일은 없는 거지?

이러면 난 또 혼자 웃게 된다.

나 역시 그대에겐 표현을 안 하고 있었구나!

적절하게 표현하는 방법을
모르는 건 아닌데 말처럼 쉽지가 않아서
어쩌면 난 그대의
가슴 따스한 한마디의 힘을 실어주는
말을 더 기다렸던 것이 아닌가 싶어.

표현하는 방법이 서툴다는 건
나도 그대도 똑같지만
사실은 쑥스러워서 더 못한 것일 수도 있어.

알고 있지?
마음이 얼마나 따스한지
그러면서도 한 번씩 툭툭 던지는 한마디
내가 안 궁금해?
내가 안 보고 싶어?
그 말 속엔 내가 그대를 보고 싶어 한다는
의미가 더 많다는 것을 알고 있을 거야.

손을 내밀어 잡을 수 없는
먼 곳에 있다 해도 그것만은 알아줘!
늘, 한결같이

가슴 가득 품은 따스함은
그대를 위해 활짝 열어 놓고 있다는 것을…….

가장 어려운 것이
자식을 이끄는 방향인 것 같다

○
○
○

심리전도 아니고 그렇다고 거부하는 것도 아니다 누구를 탓할 수도 없는 현실이지만 내 마음은 자꾸만 한쪽으로만 쏠리는 것을 느낀다. 마음은 나를 위하는 우선순위를 정하지만, 머리는 현실을 따라간다고 해야 하는 것이 맞는 것일까 이럴 때 참 헷갈리게 하는 것들.

우리 집 딸아이를 보면서 가장 많이 흔들리는 일 중 하나임에는 틀림이 없다. 너무 자유롭게 방목하는 것이 아닐까 싶기도 하고 한편으론 내가 못해 봤으니까 넌 시집가기 전에 해 볼 수 있는 것은 다 누리고 다 경험해보고 시집가는 것도 괜찮지 하는 맘이 드는 것도 사실이다.

세상이 무서워서, 세상이 어떤 세상인데 하는 생각을 하는 내 마음은 도무지 어떤 마음인지…. 아마도 아가씨니까, 여자니까, 이런 생각이 아닐까, 그럼에도 불구하고 묘한 감정으로 심리전을 하는 것 같기도 하다. 어떡하라고 하는 것인지 내 마음이 시키는 것이 어떤 것인지 헷갈리는 것들이 왜 시간이 지나면서 더 많아지는지 모르겠다.

각기 다른
요양 병원

양가 두 어머니께서 요양 병원에 계셨을 때 몇 년 동안 수없이 많은 일을 지켜보기도 하고 적잖게 가슴을 태우기도 했던 일이 여러 번 있었다.

친정엄마는 치매로 인해 요양병원을 몇 번이나 들었다 났다 하시기를 반복하면서 집에 가고 싶다고 우시는 모습에 가슴이 찢어지는 날이 많았었고 시어머님은 어떤 것도 속에 담아놓지 않으셔서 생각할 겨를도 없이 일단 하고 싶은 말씀은 다 하신다. 그리고 한 번씩 어머님들 뵙고 오는 날이면 속상할 때가 참 많았다.

병원이라는 곳이 내가 다니면서 알게 된 양질의 문제로 인해 보호자 입장에서 상당히 불편한 마음을 갖게도 하고 한편으로는 요양병원에서 운영 방법이나 운영 방안이 어떻게 이루어지는지 궁금해지는 건 사실이었다.

아무리 죽음을 눈앞에 두고 있는 환자라지만 그래도 듣고 보는 건 하는데 다만 일어나지를 못하고 움직이지를 못할 뿐인데 수치심 같은 건 1%의 배려도 없이 홀딱 벗겨서 기저귀 갈고 닦

아주고 하는 모습을 보면서 화가 나기도 했었다.

그런데 병원이라는 곳이 다 똑같지는 않더라. 어쩌면 이렇게 다른지 비교를 안 할 수도 없지만 그렇다고 내색을 할 수도 없었다.

간호사들과 간병인들부터가 다르다. 한 곳은 너무 친절하고 환자를 세심하게 일일이 체크 하는 간호사들 환자의 상태가 좋지 않으면 간병인들한테 바로 이야기를 해주거나 손수 치료하거나 어떻게 하라고 지시까지 내리는 간호사들이 상주해있고, 한 곳은 간호사들이 수동적인 움직임으로 간병인들한테 미루는 것도 모자라 체크는커녕 도리어 간병인들이 더 환자에 대해서 파악을 하기도 하고 침대 시트며 베게들… 누워있는 환자들이다 보니 누운 상태로 머리를 자르기 때문에 머리카락이 상반신 위쪽에는 따가울 만큼의 머리카락이 나뒹굴어 다닌다. 거기다 기저귀는 말할 것도 없이 열 번 중에 두세 번만 뽀송뽀송한 상태다.

요양병원도 호텔처럼 무궁화 하나, 둘, 셋 뭐 그런 레벨이 있다면 모를까 정말 해도 너무하다는 생각이 든다. 거리가 가깝다면 옮겨 드리고 싶은 맘만 굴뚝같다. 도대체 무엇의 차이가 있어서 그럴까 그렇다고 금액이 별반 차이가 있는 것도 아닌데 환자나 보호자가 마치 호구인 것처럼 그런 기분이다.

나 늙으면 가야 할 요양 병원인데 그때쯤이면 좀 나아지려나.

갈등과 번뇌

사람들은 내게 너무 많이 생각하지 말라 한다.

하지만 어디 세상이 만만하게 살아지던가.

스스로 갈등하고 번뇌하면서 살고 싶어 하는 사람은 없다. 물론 쉽게 쉽게 산다면 그것 또한 얻어지는 인생의 교훈은 많지 않겠지!

☆ 얻어지는 것이 있으면 잃는 것도 있다.

한 사람을 얻으면 한 사람을 잃게 되는 경우도 있다 단순한 오해로 인해서 큰일도 아닌 상태에서 차라리 싸움해서 풀어버리면 모르지만 그렇지 못한 경우도 있더라.

☆ 웃는 얼굴 뒤에는 숨겨진 아픔도 있다.

생글생글 웃는 얼굴, 환한 미소가 예쁜 얼굴, 상대방의 마음도 편안하게 해주는 얼굴을 가지고 있으면서도 정작 본인은 아픈 상처가 있으면서도 늘 고운 미소를 보여야 한다는 강박관념의 피해 의식을 표현하지 못하는 사람도 있다.

왜 그래야 할까.

☆ 한 발 뒤로 물러서서 지켜보는 것도 필요하다.
각자의 생각으로만 일축해 이야기하는 사람도 있고 여러 사람
의 입장에서 이야기하는 사람도 있지만, 묵묵히 지켜보는 입
장에서 나서고 싶지 않을 때도 있다. 내 의사 표시를 할 때는
몰랐던 소소한 것들이 지켜보는 입장에서는 문제점들이 눈에
보이는 것도 있다.
그래서 한 발 뒤로 물러서서 지켜보는 것도 필요한 것 같다.

많이 살지는 않았지만 살면서 배운다. 내 아픔은 세상이 어두
울 만큼 아프고 내가 아니면 그 아픔은 아무것도 아니라고 말
하는 사람들이 있더라. 위로한다고 던진 한마디로 인해서 오
히려 더 많은 생각들로 복잡해지기도 한 상황을 만들기도 하
더라.
사람은 누구나 갈등과 번민을 하면서 살지만, 그 정도의 수위
는 어디까지인지 왜 시간이 갈수록 더 생각들이 짙어지는 것
일까.

사는 것이 다 그런 것일까…….

강화 동검도
조나단 cafe와 전등사에서

○
○
○

여행은 삶을 힐링 이다!

변화를 주고 싶을 때 훌쩍 떠나기도 하고 마음이 복잡할 때 정리하기 위한 시간이 필요로 할 때 떠나고 싶을 때가 있다. 여행의 목적을 어떤 의미를 두더라도 떠나고 싶을 때 그곳이 어디라도 내가 좋아하는 사람들과 다녀올 수 있다는 것만으로도 감사함을 느낀다.

친구들과 함께한 휴일 강화도의 한 카페가 입소문으로 유명세를 타고 있다는 말에 무조건 go! go!

아담하지만 나름의 분위기를 멋스럽게 살리고 카페 안에 스크린으로 보여주는 작은 소극장이 마련되어 있고 지나간 영화를 상영해 주는데 프랑스 영화를 많이 선정해서 보여주는 것 같다. 상영하기 전 잠깐의 피아노 반주를 사장님께서 직접 해주신다.

오늘 상영한 영화는 비밀의 화원, 꼬마들의 연기에 푹 빠져 말 한마디 안 하고 집중하면서 봤다. 잠시 갖게 되었던 생각이 내 게도 비밀의 화원이 있다면 난 어떤 용도로 쓸 것인가 하는 상 상을 해본다. 아무하고도 공유하지 않은 나만의 작업실을 만 들고 싶다. 오롯이 나 자신만을 위해서……

그곳에서 나와 전등사에 전통찻집이 예쁘다 해서 들려 산사를 구경하고 사람들도 구경하고 찻집으로 들어가 아무 생각 없이 쌍화차를 시켰는데 너무 진해서 대추차를 시킨 동생과 바꿔먹 었는데 예전에 우리 동네에 대추차를 팔던 찻집이 없어지곤 거 의 비슷한 대추차를 마셨다. 입맛이 없어서 끼니를 못 먹거나 몸살기가 돌면 유난히 생각나던 대추차였는데 오늘 전등사에 서 똑같지는 않지만 그래도 그 맛으로 음미하며 마시고 내려왔 다. 그렇다고 그거 마시자고 강화 전등사까지 자주 갈 수도 없 는데 어쩔까.

귀가하는 중에 저녁까지 해결하기 위해 지인이 소개해 준 식당 으로 찾아가 들어갔지만, 설렁탕이나 도가니탕 같은 국 종류 의 식사는 좋아하지 않아서 다른 메뉴로 하고, 친구들은 도가 니탕을 주문했는데 맛있다고 한다. 그리고 배추, 깍두기, 갓김 치가 맛있어서 아마도 그 김치들을 먹기 위해 다시 찾아가지 않을까.

고개를 떨군
너를 보면서

고운 숨을 들이마시면 느껴지는
세상의 냄새를 우리는 어떤 냄새로 표현할까.

느낌이 시시때때로 바뀌는 것 같아.
비 오는 날 눈 오는 날,
햇볕이 따사로운 날
이렇게 바뀌는 날씨에 따라서 코끝으로
느껴지는 냄새가 달라지는 것 같아.

어느 날은 정겨운 사람 냄새 같고,
어느 날은 풀숲의 상큼한 냄새 같고,
어느 날은 호숫가의 비린 듯한 물 냄새 같고,
어느 날은 아무 냄새가 없는 무 향 같아.

파란 하늘과 흐린 하늘 그리고
어두운 밤하늘과 그 하늘에

총총히 떠 있는 별들만
바라보았을 테니 얼마나 궁금했을까.

하늘만 바라보느라 너도 힘들었나 보구나.
네가 올려다보는 세상이 아닌
네가 내려다보아야 할 세상이….

하늘과 바다 그리고 산과 들을
바라보는 건 내 마음이 시키는 대로 움직여
볼 수 있는 것이 얼마나 행복한 일인지를
너를 보면서 감사함을 느끼게 해준다.

공공기관에서
느끼는 불쾌감

아주 가끔 잊을만하면 한 번씩 인상 쓰게 하는 공공기관.
속에서 울화통이 치밀어 붉으락푸르락하다가 머리꼭지에서 도
저히 열이 받아 참을 수 없어 한마디 하려고 할 때쯤 되면 전
화를 끊는 직원들.

근무 태만으로 불쾌하고 언짢은 직원의 태도.
은행, 우체국, 동사무소, 세무서 등등 이런 곳들에서의 직원들
업무 태만에 대한 이야기다. 물론 매번 그런 일이 있는 건 아
니지만 몇 번 겪었던 일인데 번호표를 들고 기다리는 고객들이
즐비하게 서서 기다리고 있는데 폰으로 사적인 통화를 하느라
기다리게 하는 일이 있다.
업무적인 대화인가 싶어서 들어보면 사적인 대화들, 뭐 들으려
고 들은 건 아니지만, 앞에서 기다리다 우연히 듣게 되는 통화
내용, 점심시간이나 휴식시간 또는 퇴근 후 해야 하는 거 아닐
까? 개인 사무실에서 혼자 일하는 것도 아니고 공공기관에서
는 삼가야 하는 일이 아닌가는 생각이 든다.

전에 자동차 면허 시험장에서 면허갱신을 하는데 직원이 톡을 하면서 낄낄거리며 접수를 하는데 계속 톡을 하면서 접수를 해주는데 기분이 과히 좋지는 않다. 뒤에 기다리는 사람들도 많은데 일의 속도가 늦어지니까 짜증 났었던 그 날 일도 생각이 난다.

나는 사무실에서 일할 때는 폰을 무음으로 놔두거나 전화가 오면 업무 끝내고 전화한다고 하고 끊는 경우가 다반사인 나로서 봤을 때는 도무지 이해를 못 하기도 하지만 집중이 안 돼서 어떻게 일을 하나 싶은데 내가 능력이 부족한 것인가 싶은 생각마저 든다.

공공기관에서 그런 경우가 있을 때마다 느끼는 불쾌감, 나만 느끼는 것이 아닐 것이다.

괜찮은 사람이고
싶습니다

○
○
○

혼자서는 살아갈 수가 없어서 모든 이들에게 좋은 인상을 남기고 참 괜찮은 사람이라는 말을 듣기를 원하고, 누군가의 안부가 궁금해진다거나 생각도 안 하던 누군가가 생각이 난다는 건 내 마음속에 그 사람이 참 괜찮은 사람으로 기억하고 있다는 것이다.

또한, 핸드폰에 저장되어 있던 수백 명, 수천 명의 전화번호 속에서 선택되어 전화한다는 것은 내 이미지가 좋았다는 것이기도 하다.

모나지 않은 성격,
긍정적인 마인드로 산다는 것이 자기 관리가 아니겠는가. 그러므로 인해서 처음 인사를 나눈 분들과의 유대관계도 지속해서 인연을 맺는 것이 아닐까.

24일인 어제 양양에서 달래 촌을 운영하시는 김주성 촌장님께서 사모님과 같이 파주 프로방스와 헤이리를 둘러보기 위해

오셨다가 전화를 주셔서 점심을 먹고 커피숍으로 자리를 옮겨 차를 마시고 가시면서 촌장님이 자랑하시는 청국장을 주고 가셨다.

생각지도 않은 분의 전화여서 반갑기도 했었고 감사하기도 했다. 전에 명심보감을 같이 공부하던 언니들과 달래 촌에 가서 필자가 많이 아파서 고생도 했지만, 촌장님께서도 땀 흘리면서 등을 마사지해 주시느라 고생했던 기억 생생하다.
살아가면서 좋은 인상과 참 괜찮은 사람이라는 말을 듣고 싶은 건, 나뿐만이 아닐 것이다. 인연이란 것이 쉬우면서도 어려운 것도 사실이다.

진실한 인연, 정다운 인연, 가끔 불현듯이 생각나는 사람, 가슴이 따뜻한 사람, 참 괜찮은 사람이 되고 싶고, 그런 말을 들으면서 살고 싶다.

시간이 지나면서
내게 가장 중요한 것은 사람들이고,
내가 가장 듣고 싶은 말은 모두에게 듣고 싶은 말 그건 바로
"괜찮은 사람이고 싶습니다."

그까짓 상처쯤이야 하면서
살아보자

○
○
○

상처를 보듬고 가는 사람아.
상처가 그리도 많았니 쉽게 마음을 열지 못하는 여린 사람아.

상처들을 보듬고 가기엔 세상의 모진 풍파들이 너무 많아서
상처들이 아물기도 전에 가슴을 후벼 파는 상처들은 다시 훅
~ 하고 들어올 텐데 그때마다 가슴 부여잡고 있다고 해결되는
건 아니잖아.

작은 일에도 걱정을 끌어안고 있는 사람아,
그런다고 세상은 무너지지 않아.
다만, 너 자신이 스스로 무너지려 하는 것일 뿐이야.
사람은 죽으라는 법이 없더라.
차분하게 생각하고 정리하면서
하나하나 풀어나가면 내가 가야 할 길이 보이더라.

힘들어서 숨을 쉬지 못하겠다고 하는 사람아.

그건 네 마음을 다스리는 마인드 컨트롤을 하지 못하기 때문이야. 그래~ 그것이 쉽지 않다는 것도 알아 하지만 누구도 해줄 수 없잖아. 우리 늘 얘기하듯이 큰일을 대비해서 작은 일들은 잠깐 아주 잠깐 고민하다가 그냥 떨쳐버리자고 하듯이 그렇게 살아보자.

우리는 많은 시련과 고난들을 겪었으니까
이제는 단련될 때도 되지 않았니?
작은 상처들까지 부여잡고 가기엔 앞으로 남은 시간에서
겪어나가야 할 길에 수없이 많은 일이 있을 테니까.

우리 큰일이 일어났을 때 좌절하지 않고 대담하게 헤쳐나갈 수 있는 대범함을 키워보자. 사는 것이 뭐 별거 있느냐는 말이 있잖아. 그 마음가짐이라면 어떤 일도 두려워하지 않고 잘 견디며 살아갈 수 있을 거야.

그것이 우리들의 주어진 운명이라고 생각한다면 못할 것도, 못하는 것도 없지 않겠니?
사람은 상황에 맞게 살기 마련이듯이 그까짓 상처쯤이야 하면서 살아보자.

그녀가 살아가는 법,
그녀가 사랑하는 법

○
○
○

오롯이 나만 바라봐주는 사람,

나 아니면 안 된다고 말해주는 사람,

그건 연애할 때와 신혼 초의 3개월(?)이라고 한다.

여자는 나이를 먹어도 사랑받고 싶다.

여자는 나이를 먹어도 예쁜 모습으로 혹은 멋있는 모습으로

보였으면 하는 바람이다.

여자는 나이를 먹어도 사랑하는 사람에게 관심받기를 원한다.

그녀는!

작은 것에서도 상처를 받기도 하지만 대범할 때는 남자 못지않

은 배포도 있고 남들이 깜짝 놀랄만한 결단력 그리고 시간 끌

지 않는 민첩한 행동과 생각을 정리해서 마무리하고 그리곤 상

대에게 뒤끝 있는 말 하지 않으려 스스로 노력한다. 뒤끝 작렬

인 사람 제일 경멸한다.

그녀는!
정을 주기 시작하면 끝없이 주지만 정말 아니라고 생각하는
건 그것이 어떤 것이든 절대로 뒤돌아보지 않고 아주 무섭게
아주 매섭게 뒤돌아서기 한다.

그녀는!
누군가 곁에서 관심 가져 주는 걸 좋아하지만, 정도가 지나친
관심 가져 주면 오히려 부담스러워 거리를 두기도 한다.

그녀는!
죽을 만큼 아프거나 힘들어도 내색을 잘 안 해요 그래서 사람
들은 그녀에게 미련하다고 하고, 힘들면 힘들다고 아프면 아프
다고 표현을 해야 보호를 받을 수 있다고 말하지만 그럼에도
불구하고 스스로 견디지를 못해 오히려 일거리를 찾는 바보이
기도 하다.

그녀는!
그렇게 삶을 살아가고 사랑하며 사는 것이 최선이고 사람들과
함께 나누며 더불어 사는 것이 행복할 수 있다는 지론을 가지
고 산다.

그녀가 살아가는 인생 이야기

○
○
○

성격이 참 낙천적인 그녀, 늘 좋은 것이 좋은 거라고 하는 그녀, 어린 나이에 시집을 일찍 가버린 그녀가 살아온 시간을 지켜보면서 그래 그러니까 네가 살았나 보다 하는 생각을, 조금 더 나이를 먹고서야 알게 되었던 그녀의 인생 스토리다.

단칸방과 빌라의 반지하를 전전하며 살면서 시할머니와 시동생도 함께 거주하며 살아온 그녀가 참 답답하기도 하면서 정말 사랑해서 사는 것일까를 수없이 의문이었고 물어보고 싶었다. 그녀가 30여 년을 살아오면서 겪어야 했던 수많은 일들 그 삶 속에 멍울이 시커멓게 자리하고 있다는 것을 알고 있는데, 자신의 운명이고 자신의 삶이고 자신의 복이라고 말한다. 그녀의 남편은 정말 이루 말할 수 없이 착하고 순둥이도 그런 순둥이가 없지 싶을 만큼 아주 착한 그녀의 남자는 일을 꾸준히 하면서 가족들의 생계를 유지하지도 못했다. 건강이 좋지 않은 상태가 지속해서 반복하다 보니 늘 허덕이는 생활로 인해 한시도 맘 편하게 살아온 적이 있었을까 싶다.

시할머니 돌아가시고 시동생 장가보내고 그러면서 그녀의 가족들만 살아가게 되었던 집 간혹 한 번씩 가보면 마음이 짠하지만, 그 모든 것들이 나 혼자 생각하는 그녀의 불행이었고 나의 오만이 아니었나 싶다. 늘 긍정적인 생각으로 살아가면서 이만큼 살 수 있는 것도 감사하다고 하고 아이들이 건강하게 자라주어서 그것도 감사하다고 한다.

그녀의 집에는 언제나 웃음보따리가 한 보따리씩 대기하고 있다가 한 번씩 빵 터지면 집 밖으로 웃음이 새어나올 정도로 그만큼 긍정적이고 마음을 비우며 살아갔던 거 같다. 한 번씩 집에 다녀오면 내가 살아가는 내 집, 내 위치를 돌아보게 한다. 얼마 전에도 그녀의 남편은 몇 달을 건강상 휴식을 취했다가 다시 출근하고 있지만, 부부의 표정은 우리보다 행복한 사람 어디 있을까 하는 표정이다. 하지만 그녀에 까맣게 타들어 간 가슴을 내가 모를까, 그녀와 남편의 자존심을 건드리고 싶지 않고 지켜주고 싶었을 뿐이다.

그녀의 착한 아들, 딸, 성인이 되어서 제 앞가림 너무 잘하는 아이들 '이모, 이모' 부르면서 잘 따라주는 아이들, 이 아이들은 엄마 아빠의 고된 삶을 다 보고 느끼면서 살아와서 그러는지 아님, 부모님의 성품을 닮아서 그런지 아이들도 성품이 나

무랄 때가 없이 아주 예쁘고 멋진 아이들이다.

그녀가 살아온 인생이라는 시간이 아픈 상처가 많겠지만, 오늘
그리고 내일이라는 시간이 그녀에겐 지금까지의 시간보다는 더

나은 행복이라는 지수를 높이고 살았으면 하는 나의 간절한
소망이다. 그녀는 내가 그녀를 얼마나 사랑하는지 얼마나 아끼
는지 말 안 해도 안다.

내가 그녀의 마음을 헤아리니까…….

그대
잘 가요

○
○
○

사람은 내게 정말 친절하고 자상했던 사람은
잊을 수 없는 것 같습니다.
어느 순간엔가 생각나고 안부가 궁금해지는 그런 사람.
전에 수필집에 올렸던 암 투병 중인 남편 친구가 집에 예쁜 꽃
다발을 들고 집에 왔다는 이야기를 썼었는데 기억하시나 모르
겠습니다.
그 친구분이 오늘 다시는 돌아오질 못할 곳으로 떠났다는 비
보를 받았는데 가슴이 철렁 내려앉는다.

좋은 사람은,
마음이 착한 사람은 왜 그렇게 일찍들 떠나는지 안타까워서
가슴만 먹먹합니다.

자주 얼굴 보고 그랬을 때는 마치 내 친구 같았고 또한 너무
편안하게 해주었던 분이기도 하다. 시어머님 돌아가셨을 때도
아픈 몸 이끌고 숨을 제대로 쉬지도 못하면서 와준 그 마음이

다른 누가 다녀간 것보다 훨씬 더 고맙고 감사했던 분입니다.

저녁에 장례식장을 가야 하는데 벌써 이렇게 가슴이 아픕니다. 그의 부인과 생때같은 자식들을 어떻게 보나 싶기도 합니다.

내가 좋아하는 사람들,
내가 사랑하는 사람들 내가 존경하는 분들은 오래 살았으면 좋겠어요. 저와 같이 숨 쉬면서 앞으로도 계속 써가야 할 수많은 이야기를 함께 나누고 싶은데 너무 빨리 제 곁을 떠나려 하는 것이 안타깝기만 합니다.

오늘 아침부터 비가 오기를 기다렸지만, 비가 내리는데도 즐겁지가 않았던 것이 아마도 슬픈 소식을 들으려 했나 봅니다.

몇 년 동안 투병 생활 하면서 힘들었던 그 아픔 다 두고 가벼운 몸으로 아프지 말고 살아요.

가족을 두고 가는 그 걸음은 쇳덩어리 달아 놓은 것처럼 무겁겠지만 그래도 좋은 곳에서 아프지 말고 못다 이룬 행복 누리면서 살았으면 합니다.

내게 나누어 주었던 따뜻한 정 잊지 않을게요.

그대의 잔잔한 미소도 잊지 않을게요,

고마웠어요,

진심으로 감사했어요.

그대 잘 가요.

그들이
살아가는 법

○
○
○

사람마다 살아가는 법이 다 다르겠지요?

물론 성향에 따라서 다르기도 하겠지만, 그들을 자세히 안 보았더라면 같은 여자 입장에서도 그 남자 참 속 앓이 좀 하고 살겠다 싶습니다.

이야기인즉, 3박 4일 휴가 기간 중 딸아이와 야밤에 을왕리로 잠깐 다녀온 것 말고는 집에서 얌전히 지내고는 마지막 휴일인 오늘 저녁은 가족들과 동네에서 유명하다는 돼지 부속 집에서 저녁을 먹기 위해 들어갔던 식당은 워낙 사람이 많은 집이라 번호표를 받고, 먹을 때가 더 많은데 오늘은 그래도 몇 테이블이 비어있어서 바로 앉아서 부속을 시키고는 맛있게 먹고 있었어요. 테이블들이 다닥다닥 붙어 있어서 옆 테이블에서 무슨 이야기를 하는지 안 듣고 싶어도 다 듣게 됩니다.

옆 테이블에 두 쌍의 부부가 앉아 먹는데 아이 엄마가 계속 같이 앉아 있는 부부에게 남편 흉을 보면서 이런저런 이야기를 서슴없이 다 털어놓는데, 남편은 아무 말 없이 다 받아 주는 그 광경을 보면서 참 답답하게도 산다는 생각에 아이 엄마를 다시 보게 되면서, 그의 남편 얼굴을 봤더니 아이 엄마의 이야기만 듣고 있었더라면 그 남편은 정말 나쁜 놈이 되어버리기에도 충분한 이야기였는데 그 남편의 얼굴을 보고 제가 웃고 말았죠.

그 남편 그런 아내의 거침없는 언변에도 사랑스럽다는 듯이 방긋 웃고 아내는 그것이 남편에 대한 불만이 가득 차인 삶이 아닌 귀여운 투정이었던 거 같아요. 사람이 그렇잖아요, 예쁘고, 사랑스럽고, 귀여우면 무슨 말을 해도 그저 예쁘게만 보인다고 하는 것처럼 그 부부가 사는 그들만의 생활이고 표현이었던 거였지요.

사람이 상대가 싫으면 무슨 말을 해도 아무리 예쁜 짓을 해도 곱게 안 보이고 보기가 싫잖아요. 그 모습을 보면서 서로가 각기 다른 시선으로 또는 각기 다른 모습으로 살아가지만 조금만 관심 있게 조금만 세심하게 들어주고 받아준다면 흑과 백이 잘 나타날 거 같아요. 불만스러움으로 들리는 것과 투정을 부리는 것을 구분해서 싸움할 것인지 그냥 웃고 받아 줄 것인지를.

아내, 여자는 말입니다. 조금만 힘들어도 남편에게 투정부리고 싶어 하고 남편이 토닥여 주기를 바라고 안아주기를 원하는 것이 어쩌면 보호받고 있다는 것을 느끼고 싶어서가 아닌가 싶고 살아가면서 강해질 수밖에 없는 아내와 엄마라는 이름, 간혹 계절에 감정이 흔들리고, 나이를 먹어가면서 느끼는 허무감에 흔들리고, 살아온 시간에 흔들리고 하면서 아파하고 순수했던 내 모습은 어디에 이러면서, 다시 자신을 찾아가려 부단히 노력하는 것이 또한 본능적인 것이 아닌가 싶어요. 물론 그때의 모습은 아니지만 그래도 자신을 돌아보게 하는 계기가 되기도 합니다. 필자가 그랬던 것처럼.

그 아기엄마를 보면서 그래도 당신은 참 행복한 투정으로 남편의 사랑을 받고 있다는 것을 그 아기엄마는 알고나 있나 싶고 그 남편의 표정이 지금도 가시 지가 않습니다. 그렇게 투정을 부려도 예쁘고 사랑스러워 어쩔 줄 몰라 방긋 웃는 그 남자 참 멋있는 남자라고 칭찬해 주고 싶었던 부부, 그들이 살아가는 방법이 비록 다른 사람들 눈에는 어떻게 비쳤는지는 모르겠지만, 젊은 부부의 그 모습이 참 예쁘게 보였던 부부였습니다.

그릇이 큰 사람,
작은 사람

○
○
○

누군가를 만나서 많은 이야기를 하다 보면 어느 정도는 그 사람에 대해서 파악을 하고 이 사람의 성향과 성품을 내 머리에 주입하게 된다. 물론 첫인상으로 인해서 세 가지 유형으로 나누기도 한다.

사람 참 좋다.
나와는 전혀 다르다, 속을 내놓지 않고 남의 일만 관심 있는 사람, 몸을 담고 있는 단체의 소속에서 함께하며 사람들과 많은 시간을 보냈음에도 알고 있던 모습이 아닌 뒤통수를 얻어 맞는 경우도 있다.

믿음이란 것에 배신을 당한 기분이랄까.
입에서 나오는 말마다 액면 그대로 다 믿었다가 엉뚱한 사람만 피해를 보는 경우도 있고, 개인적인 일로 말 한마디에 풍문으로 번져서 헤어 나오기도 힘든 수렁으로 밀어버리고서는 자신이 무엇을 잘못했는지도 모르고 오히려 더 당당하게 상대방을 모함하는 사람도 있다.

왜 그러고 살아야 할까.

내 인생이 아닌 다른 사람의 인생을 송두리째 휘둘러서 얻어지는 것이 있다 한들 그것이 얼마나 오래갈 것이며 자신이 후에 감당해야 하는 몫을 생각하지 못하는 것인지, 아니면 내가 아닌 다른 사람이 소위 잘 나간다 해서 그 꼴을 못 보는 것일까. 누군가에게 피해를 주지 않고 본인이 이루어놓은 업적들 또는 권위는 어느 자리에서든 빛을 낼 수 있지만 남을 헐뜯고 모함에 빠뜨려서 얻어낸 명성들은 결코 오래가지 못한다는 것을 알면서도 한순간의 욕망을 자제하지 못해서 더 큰 불화를 막지 못하는 어리석은 사람도 있다.

무엇 때문에 그러고 살아야 할까!
맘 씀씀이가 넓은 사람, 맘 씀씀이가 따뜻한 사람,
흔히 말하는 그릇이 작은 사람과 큰 사람이 있다고 하는 것처럼 사람들과 함께 어울려 살면서 그래도 속 좁은 밴댕이라는 말을 듣는 것보단 역시 그릇이 큰 사람은 멋진 사람이라는 말을 들으면서 살고 싶어 하는 것이 다 똑같지는 않은가 보다.

어느 단체 모임의 단체장을 보면서 안타까운 마음에…….

그리움으로
불러본다

○
○
○

잊지 않고 있는지 아니 잊을 수가 없을 것으로 생각하고 싶다.
어쩌면 나보다 더 생생하게 기억하고 있겠지!

시간이 멈춰버린 그 해,
넌 내 곁을 떠나버린 그 시간에서 지난 추억을 회상하고 있을
지도 모르겠다.

아니 어쩌면 그곳에서도 어제오늘 내일이 있을지도 모르지 그
렇지만 하얀 병동에서의 그 시간이 내겐 마지막 기억이니까.

참 이상하다 했어. 요즘 부쩍 네 생각이 나더라 가슴 한구석이
헛헛하기도 하고 뚜렷하게 뭔지 모를 그리움이 밀물처럼 내 가
슴에서 요동을 치더라.

아마도 네가 다녀간 거 같아.
너도 내가 그리워서 네가 나와 함께 했던 시간을 상기시켜 주

고 싶어서 말이야.

 우리 함께 했던 시간을 잊은 줄 알았는데 아니 인제 그만 너를 보내야겠다고 생각했는데 아니었나 봐.

여전히 넌 내게 그리움으로 남아 내 가슴 깊은 곳에 묻어 놓고 이따금 한 번씩 이렇게 꺼내보고 싶었는지도 모르겠다.

그래!

잊을 수가 없지 잊으려 해도 잊을 수가 없지 그 많은 기억 속에 고스란히 너의 흔적 너의 체취가 아직도 남아있으니까 이젠 너를 그리움이라는 이름으로 추억이라는 이름으로밖에 부를 수가 없지만 그렇게라도 부를 수 있어서 다행이야. 그런 네가 이렇게 하늘이 예쁜 날 그리워지고 보고 싶다.

너의 생일을 무심코 보내고 그리움으로 불러본다.

그토록
잔인하게

○
○
○

그토록 사랑했던 사람,
그토록 믿었던 사람에게서
가장 상처가 되는 말은 무엇이 있을까!

내가 살아온 시간은 내 인생을 걸고 자신의 삶은 나를 위해서
가 아닌 가족을 위해서 살아온 시간임에도 불구하고 그 시간
에는 내 접어 두었던 꿈이 지나간 과거에 묻힌 채로 살아가지만
그렇다고 오롯이 나 자신을 버리면서 사는 것은 아닐 것이다.
언젠가 하나둘쯤은 이룰 것이라고 하다가 포기하는 한이 있더
라도 꼭 해 볼 것이라는 희망은 가슴에서 지워지지 않는다.

그럼에도 불구하고 여자가 가장 상처가 되고 가슴에 못이 박
히는 말은 헤아릴 수 없이 많겠지만, 생각 없이 던지는 말 또한
잔인하게 들릴 때가 있다.

네가 하는 것이 그렇지,

네가 하는 것이 뭣이 있다고,
네가 할 줄 하는 것이 뭣이냐고 말하며 완전히 밑바닥을 보듯
이 무시하는 말이다.

내가 걸어온 길은 나 자신만을 위한 길이라고
생각하는 사람이 몇이나 있을까!

그렇게 살기를 바란다면 혼자 살아야 하는 독신으로 독방에서
죽을 때까지 자기 하고 싶은 것만 하면서 죽는 순간까지도 혼
자서 죽어야만 나 자신만을 위하는 삶의 길이여야 한다. 그렇
지 않고서야 나를 위함이 아닌 내가 짊어지고 가야 하는 삶이
라면 아무리 잘나고 인정받는 사람일지라도 혼자서는 이뤄낼
수 없는 것이 아닌가. 그 뒷받침을 서러워도 아파도 무시당하
더라도 꾹꾹 눌러 참으며 해야 했던 사람이 엄마일 수도 아내
일 수도 있는데 그 시간을 통째로 무시하는 말을 서슴없이 하
는 사람이라면 결코 근성이 올바른 사람이라고 말할 수 없을
것이다.

돌이켜 생각해 보니 나 또한 내 엄마한테 그렇게 얘기한 적이
있었다.

내가 얘기하면 엄마가 알아?

내가 얘기하면 엄마가 다 해 줄 수 있어? 등등……

이 또한 엄마는 남도 아닌 내 속으로 난 내 새끼한테 서러움을 받았을 것이다. 나 역시 그토록 잔인하게 엄마의 가슴에 상처를 남겨 주었던 말들을 내 자식이 커가면서 느끼고 있었을 텐데도 한 번도, 단 한 번도 그것이 엄마에게는 그토록 잔인한 말일 거로 생각했던 적이 없었다. 엄마가 먼 길 떠나실 즈음 잘 해주지 못해서 미안하다는 말과 사랑한다는 말을 많이 못 해서 미안하다는 말만 했을 뿐……

그토록 잔인하게 다른 사람에게 상처를 준다는 것은 그만큼 자신의 인격이나 지식이 자신 없어서 얇은 생각으로 먼저 방어막을 친 것이라는 생각도 든다.

적대적敵對的 의도가 강한 모독冒瀆을 주지 않고

서로 공생共生하며 살기가 그렇게 어려운 것일까.

근본의 시초적始初的인 기본基本을 잘 못 배운 것일까!

무엇 때문에 그토록 잔인한 말을

서슴없이 할 수 있도록 만들었을까!

기본적인 생각부터
고쳐야 할 사람

○
○
○

자신의 무능함을 포장하기 위한 폭언 또는 나보다 더 우월하
다는 생각으로 상대를 제압하는 것으로 내 위치 내 입지가 생
긴다고 착각하며 다른 사람을 무시하는 것으로밖에 안 보여서
그렇게 말하는 사람이 불쌍해 보인다는 것을 모른다.

뉴스를 봐야 한다면서 집중해서 본들 세상은 지혜롭게 사는
방법을 다 알려주지 않는다. 매일같이 일어나는 사건 사고들
그럼에도 불구하고 자신이 폭언을 즐기고 있다는 것을 깨우치
지 못한다면 뉴스를 즐기기보다 차라리 문화센터에서 정서에
도움이 되는 강의를 듣는 것이 오히려 도움되지 않을까 싶다.

내가 아니면 아무것도 안 된다는 사람, 그렇게 말하는 사람치
고 자기 일을 제대로 하는 사람은 몇이나 될까 자신이 해야 하
는 일 또는 해줘야 할 일은 제대로 하지 않으면서 상대에게 뭣
하나 제대로 하는 것이 없다고 말을 습관적으로 하는 사람에
게는 어떤 일을 해 주더라도 의무적으로 해 주기도 하지만 하

기 싫은 마음에 건성으로 해 놓는다는 것을 모른다.

'너나 잘하세요.' 라는 말만 되뇌게 된다.

사람들과의 대인 관계에서도 사회생활의 연장이고 세상을 바라보는 견문이 넓어진다고 말하면서 내가 아닌 네가 그러는 건 믿지 못하고 하나하나 체크 하는 사람은 그 사람이 하고 다니는 행동 또는 그 사람이 만나는 사람과의 관계가 다른 사람을 의식해야 하는 정당하지 못한 만남을 갖기 때문에 내가 그러니까 너도 그렇게 할 것이라는 믿음을 본인 스스로 깨기 때문에 믿지 못하는 것이다.
살아가면서 중요한 건 본인의 일상생활에서 하는 행동과 말 그리고 생각이 먼저 인간이 되어야 비로소 사람이 되는 것이라는 것을 모른다.

상대에게 어떤 예우를 해주는가?
상대를 배려하는가?
상대에게 어떻게 마음을 전달할 것인가?
상대를 믿고 있는가?
상대에게 내 모습을 과시하고 있는가?
상대를 무시하고 있는 건 아닌가?

한 번쯤 생각해 보는 것도 중요하다.

내 주관대로 내 의지대로 내가 생각하고 있는 잣대로만 사는 삶이라면 나로 인해 상대의 삶 자체가 불행한 삶을 살고 있다고 생각지도 못하거나 자신을 위해서 알면서도 무시하는 경향이 많다. 이런 사람들이 대부분 자기는 뒤끝이 없다고 또한 말한다. 그런 사람과는 어떤 말도 어떤 행동조차 취한다는 것 자체가 무의미하고 그 시간조차도 아깝다.

참 답답하고 숨이 막히는 사람.

이런 사람에게 어떤 것을 주어도 아깝고 주고 싶지도 않은 것이 또한 사실이고 차라리 벽을 보고 얘기 하는 것이 나을지도 모른다.

나 혼자만의
비밀 노트도 필요하다

○
○
○

사람은 누구나 노출하고 싶어 하지 않는 비밀이 하나씩은 있을 것이다. 그것이 어떠한 것이든 공유하고 싶지 않은 나 혼자만의 비밀,

어느 곳에도 메모할 수 없어 가슴속 깊이 새겨 놓아 어떤 색으로든 나타나지 않는 투명한 글씨, 누구에게도 말할 수 없는 이야기 혹은 누군가가 내게만 살짝 털어놓은 이야기조차도 누설할 수 없는 비밀 이야기들,

세상엔 참 많은 일이 즐비하게 일어나고 있지만 말 못할 일들로 인해 가슴앓이하는 경우도 종종 본다.

가끔은 혼자 해결하지 못해 발 동동 구르며 속 태우는 사람을 더러 보면서 안타까움을 자아내게 하는 사람도 있다. 크게 도움이 되지는 못해도 해 줄 수 있는 것들은 해주면서 실타래가 하나씩 풀리는 것을 보면 얼마나 애가 탔을까 싶어서 걱정되기

도 하면서 누구에게도 말하지 못하고 내 생각에서만 정리하고
닫아버리는 일들이 있다.

상대에게 불미스럽게 했던 행동들,
상대에게 약간의 자극을 주기 위해 했던 말들,

그건 상대를 가슴 태우게 하는 작은 불씨를 안겨주는 일이 될
수도 있다는 것을 모르고 한 행동이라고 생각하지 않았기 때
문에 거침없이 쏟아내는 말이 아닌가는 생각이 든다.

요즘 내게 은밀하게 상담해 온 일 중에 참 어리석은 사람이 자
기 무덤을 자기가 파고 있는 모습을 보면서 차라리 혼자만의
비밀 노트에 아름다운 추억으로 장식했더라면 훗날 내가 왜
그랬을까 하는 후회는 남기지 않았을 텐데…. 상대를 협박과
폭로로 인하여 상처를 내는 것보다는 내가 즐겁고 행복했던
순간을 기억하며 비밀 노트를 작성해 보는 것도 나쁘지는 않은
데…. 잠깐의 어리석은 판단으로 오히려 감정만 더 악화시킨다
면 죽는 날까지 나 스스로 헤어 나올 수 없는 수렁을 만들어
자신을 질책하며 상대에게도 아프고 힘든 시간만 기억되게 될
것이다.

나로 인하여
누군가가

○
○
○

보내드린 시집 4번이나 읽었다며 너무 고맙고 다시 시작할 수 있어서 행복하다는 중년 여인의 목소리가 지금도 귀에 아른거린다.

이야기인즉슨,
아마도 작년 이맘때였던 거 같다.
'지금이라도 공부하고 싶은데 다시 할 수 있을까…. 남들이 흉보지 않을까…. 난 자기가 참 부러워, 글도 쓰고 감성도 살아 있어서 참 부러워요.' 하면서 하고 싶어 하는 마음은 절실한데 아마도 용기를 내지 못하는 것 같다는 생각이 들었다.

'언니 지금도 늦지 않았어요.'

배움이라는 것이 나이가 무슨 상관이 있고 내가 필요해서 배우는 것들인데 왜 창피해 하고 남을 의식하느냐면서 지금부터 시작이라고 생각하고 해보라는 권유와 함께 용기를 북돋아 주었던 일이 있었다.

그런데 며칠 전 여럿이 모이는 자리에서 이 언니의 표정은 행복 그 자체였다.

언니는 공부를 시작했다면서 중2 과정을 배우고 있다는 것이다. 그것뿐인가, 국악까지 점령하고 계신 듯하다. 자격증을 따려고 이번 주 일요일에 시험을 본다는 언니, 늦게 시작해서 이토록 뜨거운 열정으로 무엇을 못하겠는가 싶고 중2 수업을 하는데 숙제가 너무 많다면서 책 보따리까지 들고 다니는 그 모습을 보면서 나로 인하여 공부를 하게 됐다는 그 말이 내 마음마저 훈훈해진다.

누군가에게 용기를 준다는 것.
누군가에게 희망을 준다는 것이 이토록 뿌듯한 것이었을까,
그 옛날 못 배운 것이 어디 그분들 탓일까,

가정환경이 안 되어 못하고, 동생들 치다꺼리 하느라 못하고, 당장 먹고 살아야 해서 못했던 그 시절에 태어나서 학교 다니며 공부하는 친구들이 얼마나 부러웠겠는가.

나의 두 오빠 그리고 언니가 늘 그랬었다. 정말 공부가 하고 싶었고 무언가 배우고 싶어도 아는 것이 너무 없어서 차마 용

기를 내지 못했다는 말을 수십 번은 더 듣고 살았지만 정작 내 오빠나 언니한테는 지금이라도 늦지 않았다는 말을 하지 못했다.

지금 생각해보면 내가 참 철이 없었고 그 마음을 헤아리지 못했던 동생이었던 것이 지금도 오빠들이나 언니를 보면 마음이 아프고 미안해서 핸드폰에 관한 것이나 워드 작업을 해야 하면 가능한 한 도와주려 노력하는 중인데 지금 열정으로 공부하는 이 언니를 보면서 아마도 난 더 미안한 마음이 드는 것 같다. 이제 시작한 늦깎이 공부를 하는 언니의 행운 그리고 무엇보다 얼굴 가득히 행복이 깃들어 있는 모습을 보면서 늦게 배운 도둑질이 무섭다는 말이 있듯이 내친김에 대학교 과정까지 끝내라는 용기와 희망을 실어 주었지만, 그로 인해서 왜 마음은 아니 나는 아무런 기대치도 없이 머물러 있다는 생각이 드는지 모르겠다.

그래도 나로 인하여 누군가가 새로운 도전을 하면서 즐거워하는 모습만으로도 너무 좋다.

나에게 가장 큰 적은
나 자신이다

○
○
○

살아가면서 가장 취약한 부분이 어느 것인지 알고 있지만, 그
것을 감추려고만 했지 스스로 고쳐보거나 채워야겠다는 생각
을 해 본지는 얼마 안 된 거 같다. 어떤 것을 하든 그것이 무엇
이든 문제 삼는 것도, 문제를 만드는 것도 나 자신이지 타인이
아니란 것을 느끼면서 고쳐보려 또는 배워보려 하는 마음이
생긴다. 하지만 늦었다고 말하고 싶은 마음과 지금도 괜찮다는
마음이 반비례로 마음속에서 고민하는 것도 사실이다.

사람들과 어울리는 자리이거나 또는 어느 단상에 서야 하는
자리에서 선뜻 나서지 못하는 건 아마도 사람들의 시선이 아
닌 나 자신이 문제인 거 같다. 누가 뭐라고 하는 것도 아닌데
그렇다고 누가 잘못 했다고 지적을 하는 것도 아니다. 다만 내
안의 또 다른 내가 저울질을 하고 있다. 어떡하지! 할 수 있을
까! 그 상황이면 참 넓다 생각했던 바다 같은 마음과 생각이
어느새 세숫대야에 물 받아 놓은 것처럼 아주 작아져서는 백
지장이 되어 버리는 그런 바보가 또 있을까 싶다.

성격대로 가는 것인지 아니면 내가 가지고 있는 그릇이 작아서 인지 것도 아니라면 나이에 맞지 않게 수줍어서 인지조차 도 알 수가 없다. 하나하나 찾아가는 단계에서 이만큼이면 참 많이 변했다고 생각하고 나면 어디에선가 불거지는 못난 부분이 돌출되어 자책을 만들게도 하는 것이 타인이 아닌 나 스스로 적이 되기도 한다.

아무것도 아닌 일에, 아무것도 아닌 것에 이제는 덤덤하거나 담담하게 그리고 태연하거나 당당하게, 모자라는 부분엔 살아 가면서 배우기도, 채우기도 하면 된다 생각하면서 발을 내딛는 과정에서 자꾸만 나 스스로 주춤거리게 된다.

나이만 먹어갔지, 아직도 버려야 할 것들이 너무 많고, 배워야 할 것들이 너무 많은 거 같다. 시간이 지나면서 점점 더 미궁 속에 빠져드는 듯 한 느낌이다 많이 아는 것도 그렇다고 아무 것도 모른다고 말하기도 어중간한 미완성 삶을 사는 지금 내 겐, 다른 무엇보다 나 스스로 가장 큰 적이 아닌가는 라는 생 각이 든다.

나와 다르다는 것을
인정하지 않는

○
○
○

앞만 보고 달려가는 사람이 얼마나 있을까

가야 할 길이 정해졌다면 그것만 주시하며 그에 관한 모든 것들을 탐문하고 학습하면서 살아가는 것이 아닌가, 가고자 하는 목적지가 같은 방향일지라도 같은 생각과 같은 행동으로 원하는 목표 달성까지 똑같은 생각과 행동으로 가라 고집하는 건 상대를 인정하지 않기도 하고 본인만 우월하고 본인의 잣대에서 바라보는 세상이기도 하다.

좁은 생각의 틀에 가두어버린 식견이 문제이기도 하지만 남을 인정해 주지 않는 것이 더 문제인 것이 아닌가 싶다. 일 테면 내가 못하는 것을 상대는 나보다 훨씬 더 능력이 있는데 그것은 인정해 주지 않고 본인이 원하는 것만 인정하려는 못된 근성이 아닐까.

나와 다르다고 해서 인정해 주지 않으려는 심리.

사람이란 좋아하는 음식, 좋아하는 사람, 좋아하는 의류, 좋아하는 집, 좋아하는 음악, 좋아하는 운동, 좋아하는 책, 좋아하는 영화 이 모든 것들은 분명 자기만의 색깔이 있고 선택할 수 있는 권리는 누구에게도 다 주워지는 것이 아닌가, 누구라도 내가 아닌 다른 사람에게도 나와 똑같이 행동하고 생각하라고 할 수 있는 것들이 아니다.

서로 평행론에서 나와 다르다는 것을 인정해 주어야 각자의 원하는 삶을 살아갈 것이고, 꿈꾸고 있는 것들을 이루며 사는 것이 삶에 대한 예의가 아닌가.

내 삶은 내가 살아가는 것이지 어떤 누구도 내 삶을 대신 살아주지 않는다는 것을 모르는 그렇다고 문맹도 아닌데 세상 속에서 사람들과 어울리며 살고 있지만, 다시 생각해보면 그런 사람이 의외로 많다는 것이 아닌가는 생각이 든다. 아니면 전혀 다른 상대가 그 사람의 성향으로 인정해 주는 것일까……

나의 일이 아니라고
함부로 말하는 사람들

불교의 잡보장경雜寶藏經에 나오는 무재칠시無財七施를 인용해서…

첫째는 화안시和顏施

얼굴에 화색을 띠고 부드럽고

정다운 얼굴로 남을 대하는 것이요.

둘째는 언시言施

말로써 얼마든지 베풀 수 있으니 사랑의 말, 칭찬의 말,

위로의 말, 격려의 말, 양보의 말, 부드러운 말 등이다.

셋째는 심시心施

마음의 문을 열고 따뜻한 마음을 주는 것이다.

넷째는 안시眼施

호의를 담은 눈으로 사람을 보는 것처럼

눈으로 베푸는 것이요.

다섯째는 신시身施

몸으로 때우는 것으로

남의 짐을 들어준다거나 일을 돕는 것이요.

여섯째는 좌시座施

때와 장소에 맞게 자리를 내주어 양보하는 것이고,

일곱째는 찰시察施

굳이 묻지 않고 상대의 마음을 헤아려

알아서 도와주는 것이다.

남의 말 하기 좋아하는 사람들, 남의 험담하기 좋아하는 사람들, 그런 사람들이 자기와 연관이 되어 근거도 없는 말이 돌면 오히려 그런 사람들이 더 비관적이고 방방 뛰면서 세상이 끝난 것처럼 한다.

입은 말하라고 있는 것이지만 그렇다고 아무 이야기나 뱉어내라고 입이 있는 것은 아니다. 물론 사람이니까 옳은 말과 행동만 하면서 살 수는 없다 사람이니까.

그렇지만 해야 할 말과 하지 말아야 하는 말은 구분해서 하든가 하지 말이야 할 것이며 근거 없는 이야기를 뱉어내는 말의 책임을 질 수 있을 때 말을 해야 할 것이다.

무심코 던진 돌멩이에 개구리는 맞아 죽는다는 말도 있듯이 그것이 누구의 이야기이든 근거 없는 이야기는 당신의 가족 일 수도 그리고 당신의 이야기일 수도 있다는 것을 잊지 말았으면 좋겠다.

나이 들어가는 남매들

세월은 잡을 수가 없나 보다.

엄마 아버지 산소에 가기 위해 모인 4남매, 어느새 그렇게 오빠들과 언니가 늙어가고 있다는 모습을 새삼스럽게 더 크게 느껴진다.

하나둘 고장 난다며 몸이 아프다는 말에 가슴이 아프다. 그러니 보니 둘째 오빠는 환갑이 진즉 지났고 언니는 올해가 환갑이고 막내 오빠는 50대 중반인 모습들을 보면서 아버지 엄마 뒤를 따라가고 있구나 싶은 맘에 다시 바라보게 되면서 측은하고 안쓰러운 맘에 설날이 그다지 즐겁지는 않다. 그러고 보니 조카며느리와 손녀까지 있는 나를 보면서 세월은 비켜갈 수 없다는 것을 더 많이 더 크게 실감케 한다.

모두 즐겁지는 않은 표정 그 뒤에 가려진 상처들이 눈에 보이면서도 전혀 내색하지 않았지만, 집으로 돌아와 가슴 언저리가 답답하고 쓸쓸하기만 했던 그 까만 밤이 시간은 너무도 더디게 흐르고 있었지만 아마도 그 시간에 아들이 곁에 없었으면

더 많이 힘들지 않았을까 싶기도 했고 나 혼자 살아가는 세상
이 아니어서 얼마나 다행인가 싶기도 하고 4남매가 지금 이대
로만 있었으면 좋겠지만, 하지만 내년엔 주름 하나씩 더 생긴
모습을 봐야겠지 그렇다 하더라도 아프지만 않았으면 좋겠다.

사노라면 즐거운 일만 있는 것이 아니란 것을 알고, 사노라면
괴로운 일이 많다는 것도 아는데 시간이 지나면서 안 보이던,
못 보던 것들이 보이는 건 어쩌면 나도 그만큼 세파에 물들어
가기 때문일 것이다.

그래서 내가 아닌 다른 사람의 아픔이 보이는 것이겠지!

그래도 내가 조금 더 아파하더라도 그 아픈 모습이 덜 보였으
면 좋겠고 배신을 한 사람은 다른 사람에게서 또 다른 배신으
로 받게 될 것이라는 위로를 하고 싶은 마음이 솔직한 심정이
기도 하다.

살아남지 않으려 해도 살아남게 만들어 줄 세상 그리고 이렇
게 마음 아파하는 남매가 있다는 것만으로도 힘을 내라고 말
하고 싶다. 물론 그 속에 나 역시 한 사람이기도 하다.

아직도 눈에 아른거리는 아픈 모습들 몸이 아닌 마음이 아픈
것이어서 더 가슴이 아려온다. 이런 마음이 드는 것이 남매인
데 그런 마음조차 들지 않는다면 결코 남매라 말하고 싶지 않
다. 나는……

나지막이
엄마 보고 싶다 말하는 내게

○
○
○

어두운 밤.
가로등 켜진 외길을 보기 위해 며칠 전부터 자정이 지나면 옥
상에 올라가 그리움을 안고 먼 곳을 주시한다.

아직도 실감이 나지 않는 것인지 아버지가 먼 곳으로 떠난 그
날이 다가와서인지 오히려 아버지보다 엄마가 더 그리워진다.

불면증에 시달렸던 엄마는 자정이 넘은 시간이면 늘 집 주변
을 한 바퀴씩 돌아보곤 외진 길로 날마다 다니시던 길에 혹시
나 걷고 계시는 건 아닌가 하는 마음에 요즘 자주 올라가 내려
다보곤 한다.

인제 그만 아프고 아버지 곁으로 가시라고 했었고 아버지 엄마
모시고 가라고 했었던 내가 무슨 염치로 이렇게 그리워하며 몇
날 며칠을 습관처럼 옥상으로 발걸음은 옮겨진다.
이렇게 깊어가는 밤 나 홀로 그리움에 기다리며 살아가는 것처

럼 그림자조차도 없는 달밤에 가슴이 무너지는 듯 애처로움만
남는다.

보고 싶어 보고 싶다고 말을 한들 메아리로도 전할 수가 없을
것 같아 혼자 되뇌며 양손으로 가슴을 쓸어내리지만 그리운
엄마는 소리 없이 살며시 스며든다.

나지막이 엄마 보고 싶다 말하는 내게……

날마다
좋은 날

시간이 지날수록 욕심만 생기는 것인지 아니면 힘들고 아픈 시간이 이제는 멀리 밀어내고 싶어 편안함만을 갖고 싶은 것인지 모르겠다.

그럴수록 오히려 맘은 더 지치고 몸은 더 고돼는 것 같다. 생각해 보니 편안함을 추구할수록 몸이 편안해지려 꾀를 부리면서 몸과 마음으로 수신호를 보내나 보다.

좋게 생각하면,

지금까지 나름대로 열심히 살았으니까, 그래 잠시 쉬었다 가는 것도 괜찮아 그러다 더 많이 힘들고 더 많이 아프면 오히려 심한 우울증이나 자괴감으로 너를 더 괴롭히니까 쉬었다 가자.

반대로 생각하면,

하던 대로하고 살아 지금까지 그러고 살았는데 모든 것들을 바꾼다는 건 너만 더 힘들 뿐이야. 그 상황들은 이미 네가 다 그렇게 만들어 놨고 이미 길들어진 이 모든 것들을 바꾸려면 아마도 너를 더 힘들고 아프게 할 거야.

어느 것도 정답이라 말할 수 없는, 무엇이 현명한 선택인지조차 나 스스로 판단하기 어려운 내가 만들어 놓은 설정이 가끔은 가슴을 쥐어뜯고 싶을 때도 있다. 내가 하면 당연히 나와 같은 생각과 행동을 해 줄 것이라 믿었던 것들이 살면서 내 맘대로 살아가 지진 않는다는 것을 절실히 느낀다.

그럼에도 불구하고,

아침에 눈을 뜨면 오늘은 좋은 일이 있을 거야.

오늘은 좋은 소식이 들려올 거야.

그러고 보니 난 날마다 좋은 날이기 만을 바라고 있다. 하루라는 시간을 보내면서 어떤 날은 답답함이 엄습해 와 어디론가 훌쩍 숨어버리거나 여행을 하고 싶고, 어떤 날은 이유 없이 눈물이 쏟아지는 날도 있고, 어떤 날은 누군가가 그리워지는 날도 있고, 어떤 날은 죽이고 싶을 만큼 미운 사람이 있는 날이 있듯이 감정의 기복이라는 것은 그날의 기분과 몸 상태에 따라서 달라지면서 힘들고 미치겠다거나 너무 좋아서 어떤 것도 부럽지 않다는 말을 서슴없이 한다.

그렇지만 "날마다 좋은 날"이기를 바라는 내가 무언가 허전한 나를 채우기 위한 것으로 생각하고 싶다.

누구를 위해서가 아닌

오롯이 나를 위한 날마다 좋은 날이라고……

남의 인생을 논할 수 있는 사람은
아무도 없는 것이 아닐까

내가 이루고자 했던 것들을 다 이루면서 살 수 있을까, 내가 가지고 싶다 해서 다 가질 수 있을까, 내가 아닌 다음에야 아무리 가족이라지만 내가 생각하는 것들을 주입하며 그렇게 살아 주기를 바란다는 건 잘못된 사고방식을 가지고 있는 사람도 있다.

내 할 도리를 다하지 못하면서 자신이 어떻게 살고 있는지 모르면서 타인에게만 옳지 않다고 말하는 사람은 무슨 생각으로 사는 것일까.

외부적인 어떤 유대관계를 가져도 정당하고 사회생활의 연관이라고 말하면서 가족의 그런 유대관계는 인정하지 않는 사람은 권위 의식 때문이라고도 말한다. 아니면 자신이 작아 보일까 봐 불안해서라는 말도 한다.

집안일은 뒷전이고 손 하나 움직이지 않고 잔소리와 하는 일도 없는데 게을러서 그런다면서 가족이라고 할 수 없는 말을 쏟아내면서 밖의 일은 솔선수범해서 몸 바쳐 일하는 사람은 무슨 심리이고 그 많은 사람이 그 사람의 양면성을 알고 있다면 지금까지 봐왔던 그 사람을 어떤 시선으로 봐줄까.

상대방에게 비수를 꽂는 말들을 아무렇게나 퍼부으면서 자신은 조금이라도 자존심 상하는 말을 들으면 손에 잡히는 건 다 던지고 나가라는 말을 함부로 던지는 사람은 죽어서도 고치지 못하던가 아니면 다른 사람에게 똑같이 당해봐야 그 속을 알 것이다. 자신이 얼마나 어리석은 삶을 살고 있는지 상처를 얼마나 많이 주면서 살고 있는지 겪어봐야 한다.

이런 사람들은 무슨 자만심으로 살아가고 있는 것일까!

주위에는 이렇게 살아가는 사람들이 있지만 안타깝게도 본인 자신보다 아이들 생각해서 아무 대응도 하지 못하는 사람들도 많다. 그렇지만 또한 대부분 사람은 그건 핑계라고 말들을 하기도 한다. 그 입장에서 그 사람의 가족이라는 굴레를 살아보지 않았다면 누구도 그렇게 말할 수 없는 것이 아닌가, 그것 또한 그 사람에게는 상처일 테니까.

그렇게 사는 사람이 지키고 싶어 하는 것이 무엇인지 모른다면 함부로 타인의 인생을 논할 수는 없는 것이 아닐까……

남자는 다 같은 남자가 아니다

다 그렇지는 않겠지만 유독 내 눈에 거슬리는 한 남자가 있다.
사람이 살면서 잘 살고 싶은 건 누구나 같은 마음이기도 하지
만 자신의 상황, 처지에 따라서 사는 것이 당연한 것이 아닐까.
내가 말이야 옛날엔 잘 나갔어.
내가 말이야 가진 건 없어도 아직 자존심은 살아있다고 말하
는 사람들.

지금 당장 가진 것이 없는데 그 자존심 세운다고 뭐가 달라지
나! 그런 사람은 위로의 말도 아까워 오히려 뒤돌아서서 욕을
하게 된다. 너 사람 되려면 아직도 멀었구나, 너 정신 차리려면
아직도 멀었다고 말을 한다는 것을 알면서도 그 자존심 때문
에 하는 것이 아닌가라는 생각이 들기까지 한다.

혼자 된 친구가 있다.
이 친구에겐 남자가 한 명 생겼는데 도무지 무슨 속인지 알 수
없는 이 남자, 빈 몸으로 친구 집으로 들어와 살면서 무슨 객

기를 그렇게 부리는지 친구 속을 어지간히 뒤집어 놓기도 하고, 본인이 좋아서 들어 와 살면서 모임 장소에 가면 친구 흉을 본다고 한다.

맘에 안 들면 나가든지, 아쉬워 들어 와 살면서 감사한 줄도 모르고 사는 이 남자,

이상한 건 왜 함께 사는지 여자의 친구들에게 메시지를 보내고 스토리나 페이스북에서 친구 신청을 하는 사람, 메시지를 무시하기도 하고 친구 신청이 들어와도 받아주지 않지만, 도무지 이해할 수 없는 남자의 정신세계여서 반갑지도 달갑지도 않다. 또한, 그런 남자를 어찌하지 못하는 친구를 보면서 말하기도 한다.

넌 끊고 맺는 것이 약해 왜 그렇게 질질 끌려 다니느냐면서 네가 뭐가 아쉬워서 바보같이 살지 말고 차라리 보내지 왜 안 보내는지 모르겠다고 하면 그 남자가 알아서 나가 주기를 기다린다고 말하는 이 답답한 친구, 세상에 어느 남자가 나가? 빈 몸으로 들어와 따뜻한 집에서 다 해결이 되는데 너 같으면 나가겠어? 라고 말하면 막막하다고만 하는 이 친구

며칠 전에도 점심시간에 전화해서는 나 어떻게 해야 할지 모르겠다면서 내가 내 발등 찍었다고 길게 한숨만 내쉬고 있는 친구, 당연히 내 입에선 고운 말이 나갈 리가 없다.

그러니까 내가 뭐라 했어 그 남자 아니라고 했지 그 집이 네 집인데 왜 네가 끌려 다니면서 그렇게 살아 그냥 가방에다가 옷 싸서 현관 밖으로 내놔 그리고 정에 이끌리지 말고 냉정하게 행동을 하라고 말을 하지만 그 친구 또 길게 한숨만 내쉰다.

이 친구만 생각하면 화가 나기도 하고 안타깝기도 하면서 한편으론 너무 외로워서 그러나 싶기도 하지만 그래도 아닌 건 아닌데 싶은 맘에 낮에 잠깐의 통화가 자꾸만 신경이 쓰여서 전화하고 싶은데 그날은 많이 화를 낼 것 같아서 차마 전화를 하지 못했다.

아마 그날 전화를 했더라면 전 이렇게 말했을 것 같다.
"야 이 등신아 내가 보기엔 너도 미친년이야 그놈보다 네가 더 한심해" 라고 말할 것 같아서, 그 친구는 내게 위로의 말을 듣고 싶었을 것인데 위로의 말을 안 하리라는 것을 너무도 잘 알기 때문에 안 했지만, 마음 한 구석이 위로를 해주지 못한 것이 내내 걸린다.
남자는 다 같은 남자가 아니겠지!

내 삶을 위한
여행

○
○
○

여행을 다니면서 느끼는 것들이 참 많다. 꼭 목적이 여행이 아니더라도 누군가를 만나러 조금 먼 거리를 이동하더라도 낯선 곳에서의 환경이 전에는 참 어색하고 싫기도 하고 그랬는데 지금은 오히려 나 스스로 즐기는 것 같다. 그래야만 많은 것을 얻어와 내 것으로 만들기도 하고 고정관념으로 가지고 있었던 것들을 버리기도 하면서 내 삶을 좀 더 성숙하게, 좀 더 단단하게, 좀 더 여유롭게 만들어 가고 있다는 생각이 든다.

누구의 아내, 누구의 엄마라는 틀에서 벗어나 조금이나마 자유로운 시간으로 여행을 다녀보면 더 멋있는 삶을 살아가지 않을까. 대부분 아내가 혼자서 여행을 떠나고 싶다 하면 남편들은 어디 여자가 혼자서 여행을 가느냐고 세상이 어떤 세상인데 겁도 없이 혼자서 가느냐고 말하지만 그렇지만 그 세상 속에는 남자들이 절반이고 그렇게 만드는 것 또한 남자들이 아닌가 하는 생각도 든다. 반면에 요즘 또 들려오는 말은 여자들이 더 무섭다고 한다.

남자! 남편들이 혼자 훌쩍 떠나는 여행과 여자!
아내들이 혼자 훌쩍 떠나는 여행은 뭐가 다를까 하는 생각을
해본다. 젖 먹일 아이가 있는 것도 아니고 학교 다니는 아이들
뒷바라지해야 할 아이가 있는 것도 아닌데 못 떠나는 아내들
은 로망을 꿈꾼다. 나를 찾아서 여행을 떠나보고 싶고, 나를
되돌아보고 싶고, 내 삶은 어땠는가 돌아보고 싶다고 물론 나
도 간절하게 바라는 소망이기도 하다.

내 삶을 위한 여행!
목적이 무엇이든 발길 닿는 그곳에서 얻어오는 모든 것들이 내
가 살아 숨 쉬고 있고 그 중심을 비롯해서 더 많은 것들로 인
하여 에너지와 시너지는 분명 어느 곳에서라도 발산하여 더욱
멋진 삶을 살아가지 않을까 하는 생각이 든다.

내 삶이
소풍 가는 날

○
○
○

언젠가 오래전의 일이 그때는 서운했지만
나 자신도 몰랐던 생일.
누구를 탓할 수도 없었던 누구를 원망할 수도 없었던 생일을
그날 저녁에 언니의 전화를 받고 알게 되었던 생일,
그저 웃지요, 했던 생일.

아내는 엄마는 그런가 싶었던 참 씁쓸하고 쓸쓸했던 생일을 그
렇게 보낸 적이 있었지만 나 자신도 챙기지 않았었다. 그러면
서도 가족들 생일엔 아침엔 미역국을 끓이고, 생일선물 사거나
아니면 현금으로 주면서 보내기도 했었는데, 불현듯이 그래 이
번엔 누구를 위해서가 아닌 오직 나 자신을 위해서 우선은 아
내, 엄마로서 축하를 받고 이후엔 내가 나에게 투자를 해볼까
싶다.

올해는 내 맘대로 하고 싶은 거 하면서
시간을 보내고 싶은 날.

특별히 나를 위해서 오직 나만을 위해서 투자하는 날.

가고 싶은 곳 맘대로 가고, 먹고 싶은 거 맘대로 먹고, 명품이
아니더라도 내 맘에 드는 것도 하나쯤은 사고 오늘은 내 마음
이 시키는 대로 그런 날이 되고 싶다. 살아 있음에 감사하고
싶은 날.

살아 숨 쉬며 많은 사람과 함께 호흡할 수 있다는 것이 얼마
나 큰 행복이고 축복인지, 나와 함께 숨을 섞어가며 떠도는 공
기조차도 존재한다는 것에 오늘만큼은 감사하며 다 누려보고
싶다.
좋은 옷을 보면 가족들이 걸리고, 맛있는 음식을 먹어도 가족
들이 걸리고, 멋있고 예쁜 것들을 보아도 가족들이 걸리는 그
런 하루가 아닌 나만을 위해서 무언가 윤활유를 부어주고 싶
은 그런 날이 되고 싶다.

한 송이 꽃을 사서 선물도 스스로 건네주고 멋있고 분위기가
있는 곳에서 우아하게 앉아 차도 마시면서 지나간 시간을 뒤
돌아보며 회한에 젖어 가슴 쓸어내리지 않고 그렇다고 미래를
생각하며 어떻게 살아갈 것인지 생각하는 것도 싫고 오롯이
나에게 주어진 하루라는 시간으로 지금 느끼고자 하는 행복,

사랑, 우정을 생각하는 그런 하루를 보냈으면 좋겠다.

오롯이 나를 위해서 삶을 통째로 소풍을 보내 보는 거야~

나 스스로 변화를 준다는 것이 왜 이렇게 힘들까

○
○
○

나 스스로 변화를 주고 싶은 사람은 많지 않을까?

그래서 해마다 연말이면 사람들은 버킷 리스트Bucket List를 들여다보며 한 해를 마무리하거나 새로운 것을 추가하기도 한다.

한 가지를 이루고 나면 또 다른 무엇인가가 하고 싶어지고 그것을 하기 위해서 하이에나처럼 그에 따른 정보를 찾아 나서기도 하면서 계획을 세우지만, 생각해 보면 버킷 리스트라는 것이 내가 죽을 때까지 이루고 싶은 것들을 나열해 놓는 것이 아닌가 싶은데 연말이면 어김없이 손 폰 메모장이나 노트에 적어놓게 되는 것 같아.

그러면서 마음은 왜 조급해지는 것인지

마치 내년은 없는 것처럼.

원대한 꿈을 실현하고자 계획을 세우는 것보단 내 능력에 한해서 내가 할 수 있는 것들을 생각하면서 무언가를 할 수 있다는 것에 아니 내 것으로 만들어 갈 수 있다는 것만으로도 감사하게 생각을 하기도 한다. 아주 작은 소소한 일상처럼.

그래서 어김없이 12월엔 머릿속에 있던 것들을 정리하면서
내년엔 꼭 해봐야지 하는 것들을 생각해 놓은 것들의 밑줄
에 다시 넣어 놓기까지 갈등의 연속이 되는 것 같다.

할 수 있을까, 해낼 수 있을까,
확실한 신념이 아니라면 섣불리 나서지 말자
시간 낭비하지 말자 이러면서.
그보단, 올해는 어떤 모습이었을까를 생각해 볼 필요가 있는
것 같다. 그래야 올해의 나보단 좀 더 나은 내가 되지 않을
까는 생각이 들기도 한다.

송년회다 뭐다 하는 모임들이 많은 마지막 달을 어떻게 마
무리할 것인가를 생각하다가 나 스스로 변화를 주면 어떨까
싶어서 어느 단체의 소모임에서 그동안 보여주지 않았던 모
습을 보여주기도 했다. 조금 부족했지만 그래도 나름대로 변
하고 싶은 마음에……
가장 크게 자리를 잡고 있는 내가 내게 느끼는 한계, 그건
나 스스로 해결해야 하는 모습이기도 한다. 지금 이 성격이
아닌 나를 만들어 가는 것이 밑줄에 넣은 한 가지이다.

나 스스로 변화를 준다는 것이 왜 이렇게 힘들까.

너를 보면
내 마음이 아픈 것 같아

○
○
○

그리 많은 인생을 살았다고 말하지 못하지만 참 많은 굴곡이 너를 지치고 아프게 하나 보다 아프지 말고 살자 서로 다독이며 자주 만나지는 못하고 글로 목소리 서로 위로하지만, 아직도 아파야 할 곳이 남아 있다는 너를 보면서 가슴 한 켠이 아프고 짠해진다.

어쩜 그렇게 우리는 비슷한 것들이 많은지 그래도 한때는 건강하고 잘 나간다는 우리가 지금은 참 많은 아픔을 가슴에 묻고 살더구나.

친구 한 명 먼저 보내고 남아 있는 우리라도 건강하고 재미있게 살다 가자고 했었는데 생각대로 살아 지지가 않지?
그래도 내가 너희를 좋아하는 건 그 많은 시련 속에서도 긍정적인 마인드로 살고 열심히 사는 모습이 친구이지만 대견하고 고맙더라 다음에 만나면 엉덩이 토닥토닥 해줄게.

친구들아!

우리 삶을 내려놓는 그 날까지 지금처럼 아프고 힘들기만 하겠니. 가슴 깊숙이 박혀있는 상처는 시간이 흐르면서 희미해지고 비록 나이는 먹어 중년이지만 밝은 햇빛이 우리 인생에도 늦게나마 서광이 드리울 때가 있을 거라 믿어.

자꾸만 아프다고 하는 너희, 가슴에 박힌 상처로도 모자라 병치레를 하는 모습에 난 왜 그런 너희를 보면서 내 모습을 보는 것 같아서 더 가슴을 아프게 하는 것 같아.

이제는 그 상처를 다 내려놓고 좋은 날만 있으면 좋겠다.

이제는 그런 너희를 보면서 내 가슴이 아픔이 아닌 기쁨이었으면 좋겠다.

넌
꼭 와야 해

○
○
○

너희 알고 있니?
너희가 내 친구라서 좋다는 것을,
너희는 알고 있니?
10대의 시절로 돌아간 듯
장난치는 모습들이 사랑스럽다는 것을.

우리 머리가 하얗게 변하더라도 지금처럼만 그렇게 살아가자
철딱서니 없어 보이면 어때 서로 보듬어 줄줄 아는 따뜻한 마
음이 있는데 가진 것이 많아도, 가진 것이 없어도 그런 거 중요
하지 않은 맘이 편한 친구여서 참 좋다.

만날 날을 손꼽아 기다리는 맘이 마치 연인을 기다리는 것처
럼 들떠있더라 나 혼자서만 느끼는 것일까?

얼굴 보면서 본격적인 수다를 떨기 위한 전초전으로 밴드에서
"넌 꼭 오라"는 메시지로 시작해 벌써 왁자그르하면서 맛있

는 수다를 떠는 너희가 있어서 웃기도 하고 어린 시절을 회상하게도 되더라.

저마다 다른 성향과 성품을 지닌 친구들,
삼삼오오 모여 앉아 무슨 이야기들이 그렇게 재미가 있는지 얼굴에 담아진 표정들을 상상하는 것만으로도 벌써 하나하나 읽어지는 것 같아.

짓궂은 친구들의 장난기로 인한 얼굴 붉힘도 있고, 조용한 친구가 술을 빌려 말문이 터지기도 하고, 짝사랑하는 친구를 바라보듯이 지긋이 바라보기도 하는 것 같아.

우리는 그렇게 시간을 빌려 너와 나의 못다 한 이야기들로 귀를 쫑긋 세우고 맞장구를 치기도 하면서 시간을 보내겠지?

비록 며칠 안에 다시 얼굴을 볼 수 있다 해도 헤어짐을 아쉬워할 만큼 즐거운 시간을 만들어 가자.

나도 말하고 싶어 "넌 꼭 와야 해"라고
서로 보고 싶어 하는 친구들이 기다리니까……

넌 내게
소중한 보물이야

○
○
○

친구야 알고 있니?

넌 내게 소중한 친구라는 거 잊지 마.

너를 만나면 마음이 아니 머리가 맑아지는 거 같아 한 번씩 빵
~ 터지게 하는 너의 입담에 난 정말 아이같이 그렇게 크게 깔
깔거리더라.

음~ 은숙이에 비하면 아무것도 아니지만…….

주위의 시선도 개의치 않고 함께 웃을 수 있는 친구가 있다는
것은 큰 행복이야 그렇지?

친구야 경미야~

네가 외롭다 할 때도, 네가 아프다 할 때도, 네가 힘들다 할 때
도 네 옆에 우리가 있다는 거 잊지 마.

오늘 은숙이가 오지 못해서 많이 서운하고 또 우리끼리 이렇
게 웃고 즐기는 것이 사실 마음에 걸리고 미안했지만, 우리가
이렇게 안 하면 아마도 은숙이가 더 미안해했을 거야…….

우리 늘~ 하는 이야기 있잖아, 나중에 셋이서 모여 살면서 신나게 재미있게 남은 삶 즐기자는 우리, 그것이 비록 웃자고 하는 이야기라 할지라도 생각만으로도 웃음이 나고 행복하다.
네가 말은 안 했지만, 엄마 생각 많이 났다는 거 알아. 오늘 같은 날 더 보고 싶었을 테니까…… 부러, 나도 내색 안 했어.
또 눈물 많은 우리 둘이 끌어안고 펑펑 울까 봐.

친구야 사랑하는 친구야, 이제는 몸도 챙기면서 살자. 우리 너무 많은 아픈 일들이 있었잖아.
그렇지? 그러니까 이제부터는, 행복한 우리들의 세상으로 빠져 보는 거야~
친구야 사랑해!

　　　　대부도 테마파크와 오이도를 다녀와서……

네가
태어난 날

○
○
○

그날은 네 어머니가 너를 안고 기쁨의 눈물을 흘리시며 내 딸
만큼은 누구보다 행복하게 살기를 소망하고 어머니가 생에 마
지막 남은 몇 시간 아니 며칠이 되었을지라도 이제 세상에 혼자
가 되어버릴 너를 놓지 못할 아픔으로 눈물을 흘리셨을 거야.
그런 엄마, 어머니가 그리워서 넌 혹시나 뜨거운 눈물을 흘리
며 지난 시간 속의 회한에 젖어 있는 건 아닌지 모르겠구나.

친구야.
내 사랑하는 친구야.
내가 아프면 너도 아프다 했지?
내가 울고 있으면 네 가슴은 더 아프다 했지?
나도 그래.
네가 아프면 나도 아파.
네가 울고 있으면 내 가슴은 더 아파.

오늘,

오늘만큼은 그리움과 서러움이 밀려와 또 우울해 하거나 눈물 흘리지 않았으면 좋겠다.
너의 생일을 지난 일요일에 즐거운 나들이로 시간을 보냈지만 축하한다는 말을 아껴두었었어. 오늘을 위해서….

네가 태어난 오늘 축하해.
네가 태어난 오늘 다른 사람을 위해서 보내는 시간이 아닌 오롯이 너를 위한 시간을 보냈으면 좋겠다.
내 사랑하는 친구 경미야 생일 축하해.
알지? 지금 내가 어떤 마음으로 이 글을 쓰면서 너를 축하하고 있는지?

우리 힘겨운 삶일지라도 꿋꿋하게 살자.
너와 내가 그리고 은숙, 우리가 힘겨운 삶을 지탱해 나갈 수 있도록 바람막이를 해줄 수 있는 그런 친구가 되어주자.

사랑해 그리고 네가 태어난 날 오늘 생일 축하해~

노년의
사랑

○
○
○

반세기를 넘게 함께 한 사랑 두 분이 살면서 좋은 날만 있었을까 우리네처럼 지지고 볶고 그러면서 화해하면서 살아오셨겠지.

시어머님이 계시는 요양 병원 중환자실에 매일 할아버지(남편)가 오셔서 라면상자 같은 박스를 오려서 그곳에 한글과 한문 그리고 일본어인지 중국어인지는 잘 모르겠는데 누워 계시는 할머니께 읽어드린다. 잠깐도 아닌 몇 시간 정도를 그렇게 할머니의 말벗이 되어 드리고 지극정성으로 돌봐드리고 가시는 할아버지

두 분의 사랑이 남다른 것일까, 요양병원을 3년째 다니고 있지만 그런 모습은 처음이다. 긴 병에 효자 없다고 시간이 지나면 발길이 뜸해져서 부모는 보고 싶어 애가 타는데 자식은 그 맘을 헤아리질 않는 경우가 허다한 사실이니까 물론 나부터도 그랬으니까 맘은 보고 싶고 그립고 사랑하는 맘은 똑같은데 몸

이 따라 주지를 않는다. 이래저래 핑계는 참 많다.

건강한 몸으로 집에서 보내는 일상적인 생활이 아닌 병들어 누워있는 배우자를 하루도 빠짐없이 찾아와 말동무를 해주는 모습을 보면서 오히려 내가 느낀 건 두 분의 애환이 느껴졌다. 젊은 나도 며칠을 시어머님 병원을 쫓아다니면서 힘들어 저녁 이면 지쳐서 아무것도 하기 싫은데 할아버지는 어떠실까, 하루 이틀 댁에서 쉬고 싶을 때가 없으실까, 하루 이틀 벗어나고 싶 어질 때가 없으실까…

할머니를 바라보는 할아버지 짜증 섞인 목소리조차 내지 않고 힘 있는 목소리로 다정하게 글을 읽어 주시는 할아버지, 노년 의 사랑은 어떤 색깔의 사랑으로 서로를 바라볼까 젊었을 때 나누었던 그 사랑일까 그것보다 서로가 살아온 시간에 대해 배려, 보상, 측은함, 안쓰러움, 그런 감정으로 서로를 바라보는 것일까…

할아버지를 뵈면서 참 많은 것들을 요양병원에서 생각하게 되 는 것 같다. 더 나이가 들어 머리가 희끗희끗해지면 그때야 알 수 있겠지, 노년의 사랑을……

누구를 위한 삶을 살고 있나

○
○
○

살아있는 시간
숨 쉬며 지금 내가 서 있는 곳
가끔 나는 내 삶을 살아왔나 하는
의구심을 가져본 적이 있습니까?
인생의 몇 퍼센트를 당신을 위해 살았다고 말할 수 있습니까?

누군가 내게 그러더군요.
당신은 누구를 위해 살며 당신의 삶의 지침서대로 가고 있느냐
는 질문에 대답을 머뭇거리게 되는 내 자신을 보았답니다.
눈물 날만큼 살았고 가슴 속에 묻어둔 많은 일이 있었을 만큼
열심히 살았다고 자신 있게 말할 수 있다고 생각했는데 그것
이 아닌 가 봅니다.

무엇 때문에 질문의 대답을 회피할 수밖에 없었을까.
몇 번씩 엎어지기도 하고 몇 번씩 다시 일어서기도 하고 몇 번
씩 마음을 다잡으면서 바로 서기를 했음에도 흔들리고 대답을

못 하는 것은 제가 제 삶에 회의를 느끼거나 후회하는 삶이
더 많았다는 것으로 인정하는 것이 아닌가 싶은 마음에 더 혼
란스럽기까지 합니다.

내가 많은 사람한테 이렇게 말 한 적이 있었다.
난 절대로 되돌아가고 싶지 않다고 지금까지 살아온 시간만으
로 나는 충분히 열심히 살았고 후회하지 않겠노라 고 왜냐하
면 만약 그런다면 내 지나간 시간이 가여우니까.
내 삶이 안쓰러워 가슴 쓸어내리면서 아파하는 시간이 더 많
아질까 봐.
지금은 그런 시간조차도 아깝다고 생각했기 때문에 난 다시는
돌아가고 싶지 않다고 말하고 싶습니다.
내가 살아온 삶이니까 다시는 그 삶을 다시 살고 싶지 않으니
까 적어도 내가 살아온 내 인생에 후회는 하지 말자 했었는데
그것이 어느 순간인가, 나 자신도 모를 변화가 오고 있었나 봅
니다.

왜 그렇게 밖에 살 수 없었는지, 누구를 위한 삶을 살고 있었
는지, 너를 위한 삶을 살기는 했었느냐고 요즘 도리어 내가 나
자신에게 하는 질문입니다.

당신은 누구를 위한 삶을 살고 있습니까?

당신을 위한 삶도 충분히 살고 있습니까?

인제 와서 갈등을 겪는 시간이 무엇을 의미하는 것인지 모르면서 더욱 깊어지는 혼란스러움 속의 자신을 찾는다는 것조차 사람들은 또는 나 자신도 어쩌면 두려움이 더 커서 인생만 탓하고 있는 것인지도 모른다는 생각이 들기도 합니다.

누군가의 삶이
내 삶으로 보일 때

○
○
○

책을 읽으면서는 내 상상에 의해서만 그림을 그리고 정리를 하는데, SNS가 생기면서 다양한 글들이 올라오면 많은 댓글 들이 달리고, 그 댓글에서 참 많은 생각을 갖게 된다. 내용을 읽지 않고 복사 글로 옮기는 분들도 많지만, 글을 읽고 댓글을 써놓은 글들은 나름대로 철학이 있기도 하고 그 사람의 마음이 느껴지기도 하지만 그 댓글에서 참 많은 것들을 생각하기도 하고 배우기도 한다.

물론 너무 많은 글이 온종일 올라오니까 다 읽지 못하지만 한 번씩 맘먹고 글들을 읽다가 댓글까지 다 읽을 때가 있기도 하면서 내 지나간 추억에 머뭇거리게 하는 글이 있기도 하고 현재의 내 마음과 똑같은 감성으로 느낄 때도 있어서 눈물이 나기도 하고 미소가 생기기도 하고 인상이 쓰일 때가 있기도 하는 현실적인 글들을 접하는 스토리와 채널에서 많은 것을 얻기도 한다.

어느 스토리에서 글을 읽다가 펑펑 울어버린 글도 있었다. 그

글이 마치 나의 글인 것 같아서 순간적으로 그 사람의 영혼으로 들어가 나와 함께 같은 공간에서 내 삶을 나대신 살아주는 그런 느낌으로 서러움에 복받쳐서 그렇게 울었던 날이었다.

기성세대들의 여성들은 엄마처럼 살지 말아야지 하는 엄마의 인생이 딸들에게는 상처이고 아픔이었던 기억을 가지고 있기도 한다. 그럼에도 불구하고 딸들은 대부분 엄마가 살아온 인생과 비슷하게 살아간다는 말을 듣기도 한다. 믿어야 하는지 말아야 하는지도 잘 모르겠지만 내 딸은 나처럼 살지 말기를 간절히 원하는 건 아마도 기성세대들의 같은 마음이 아닌가 싶다.

다른 사람이 살아가는 삶이라는 긴 여정이 평탄한 삶이든 그렇지 못한 삶이든 나 자신이 그 사람이 걸어간 길을 걸어가고 있다면, 내 남아 있는 시간의 방향을 틀어서라도 바로 잡을 수 있으면 얼마나 좋을까.

참 엉뚱하게도 내 삶이 아닌 다른 사람 삶에서 나 자신을 보면서 내 삶의 끝은 어디이며 어떤 시련들이 더 남아 있을까 할 때도 있다.

지금 내 모습에 충실해도 모자란 시간에……

눈물 이제
뚝

○
○
○

너의 눈물이 뚜욱~뚝 떨어지면 눈망울은 반짝거리지만 애처
로워 바라보는 것만으로도 아려오니까 울지 마.
언제까지 그렇게 눈물만 흘리면서 살 거야 슬픔 뒤엔 기쁨이
따라오듯이 넌, 매일매일 힘든 일만 있다고 말하지만 네가 지
금 아픈 것만 생각하니까 행복하고 즐거웠던 일을 기억하지 않
으려 하는 거야.

너의 눈물로 인해 가슴 아파하는 사람들이 있단다.

가끔은 나의 눈물과 아픔도 감출 필요가 있는 것 같더라 너무
슬픈 모습과 너무 힘들어하는 모습만 보이면 사람들이 위로해
줄 수 있는 한계에 도달하면 네 곁에는 아무도 있어주지 않고
다 떠나게 될 거야.

울고 싶거든, 서럽게 소리 지르며 울고 싶거든 어떤 방법으로
든 네 속이 시원해 질만큼 울 수 있는 곳에서 혼자 우는 것도

괜찮을 거야.

난 말이야. 울고 싶을 때는 자동차를 타고 나가서 창문을 다
열어놓고 음악을 크게 틀어놓고 목청이 터지라고 소리를 지르
거나 울고 나면 괜찮아지더라.

가슴에 담아두란 말은 하지 않을게 그건 오히려 더 큰 아픔이
될 테니까 울더라도 너무 자주 보이지는 마.
그리고 보면 넌 마음이 참 여린 것 같아 그러니까 아직 그렇게
많은 눈물을 보이지…
너의 눈물샘은 마르지도 않나 봐 인제 그만 울고 행복했던 일
만 생각해.

눈물 이제 뚝…….

눈물 흘리는 새 신부

○
○
○

무슨 사연이 있는지 모르는 하얀 드레스를 입은 신부.

양가 부모님을 모시고 올려야 할 결혼식장에서 신부 부모님의 자리는 의자도 없이 빈자리인 것이 가슴을 쓸어내리게 한다.

부모님을 일찍 여읜 신부가 의지할 곳도 없이 혼자 살아야 했던 시간이 얼마나 길었는지조차도 물어볼 수 없었다.

처음 인사를 받았을 때부터 사실 마음에 들지 않았던 첫인상이어서 두 번을 봐도 세 번을 봐도 정이 들지 않았던 것이 식장에서 신부의 눈물과 부모님의 빈자리를 보면서 미안함과 측은함이 한꺼번에 몰려온다.

신부가 무슨 죄라고 혼자되고 싶어서 혼자가 된 것도 아닐 텐데 얼마나 외롭고 얼마나 힘들었을까 싶다. 주례사도 없이 간략하게 끝낸 결혼식이지만 시부모님께 인사드리는 과정에서 신부가 눈물을 보인다. 친정 부모님이 얼마나 그립고 얼마나 보고 싶었을까.

식장에서 손잡고 들어가는 아버지 그리고 의자에 앉아 있는 엄마는 내 품을 떠나는 딸을 보며 눈물을 흘리고 부모님을 떠나는 신부 또한 눈물을 흘리는데 오히려 시부모님께 인사를 하며 눈물을 흘려야만 했던 신부.

그 모습을 보면서 나의 둘째 오빠 내외가 참 대단하다는 생각이 든다. 아무도 없는 홀로 된 며느리를 본다는 것이 쉽지만은 않았을 텐데 예뻐하고 아껴주는 모습, 만약 내가 그 입장이라면 어떻게 했을까 싶다. 아마도 나는 심한 반대를 하지 않았을까 물론 자식 이기는 부모는 없다고 하지만 그래도 반대에 부딪혀 미워했을지도 모른다.

홀로 살면서 많이 힘들었는지, 밝지 않은 얼굴과 몇 번을 보아도 도무지 말소리를 몇 번이나 들었을까 싶을 정도로 말도 없었고 어른들이 무엇을 하고 있어도 지켜만 보고 있던 모습이 못내 못마땅해서였는지 자꾸만 미운 모습만 보게 되었던 조카 며느리 감이기도 했었다.

그런 신부를 예쁘다, 착하다면서 끌어안아 주는 둘째 오빠 내외, 아마도 며느리가 우는 모습을 보면서 가슴 아프지 않았을까, 나의 가슴도 아팠으니까……

결혼식이 끝나고 짧은 뒤풀이를 하고 집에 돌아와 계속 머릿속에서 떠나질 않는 신부의 눈물 그리고 둘째 올케가 눈물을

닦아 주는 모습이 떠나질 않아서였는지 신부한테 미안한 마음
이 들기도 하고 그런 신부를 감싸 안아주지 못했던 것이 마음
에 걸리기도 한다.

은서야 미안해, 너를 미워했던 거 미안해.
시댁 어른들이 너도 편하지 않았을 것이고 더군다나 안 계신
부모님의 빈자리로 인해 아마도 너는 많이 주눅이 들었거나 눈
치를 봐야 했을지도 모르겠구나. 그건 너의 잘못이 아니었는데
도 마치 나는 너의 잘못인 것처럼 미워했던 것이 아니었나 싶
다. 이제는 어두운 얼굴도 하지 말고 한쪽에서 주눅이든 것처
럼 숨어 있지도 말았으면 좋겠구나.

예쁨을 받는 것도 네가 어떻게 할 것인가에 달려있고 사랑을
받는 것도 너의 몫이란다. 네가 따라 주는 만큼 네가 의지하는
만큼 어른들은 너를 더 따스하게 보듬어 주고 사랑해 준단다.

처음 사랑했던 그 마음, 서로 아껴주는 그 마음으로 예쁘게
잘 살기를 막내 고모가 기도하고 응원해 줄게
나의 사랑하는 조카들아 진심으로 축하한다.

눈부시게
아름다운 날

○
○
○

눈부시게 아름다운 날이 우리에게도 있었는데 힘든 것만 생각 나는 시간으로 인해서 삶의 버거움이 해가 갈수록 어깨를 더 무겁게 해서 그런 거야.

지나간 시간을 되돌려 보면 힘들었던 시간만 있었던 것이 아니 잖아. 이야기 보따리 풀다 보면 재미있는 일화들이 생각나서 아~ 그런 일도 있었지 하면서 그때는 참 좋았고 재미있었다고 말하잖아. 그래서 우리는 슬픔도 감수하고 인내하면서 사는 것 같아 어쩌면 살아야 한다는 건 내 주어진 운명이 있고 나 를 지탱하게 해주는 사람들이 있어서 그 힘듦도 견딜 수 있는 것이 아닌가 싶어.

자꾸만 자꾸만 힘들다고 말하면 더 힘들어지는 것 같아 또한 나 자신에게도 상처를 주는 것 같아서 이제는 아니 언젠가부 터 힘들어도 이까짓 것쯤이야 라고 마음을 다지게 되면서 그 나마도 그 힘듦이 조금이나마 덜어지는 것 같다는 생각이 드 는 것 같기도 해.

아직 우리는 하고 싶은 것들도 많고 가고 싶은 곳들도 많고 먹고 싶은 것들도 많고 배우고 싶은 것들도 많다고 생각하면 눈부시게 아름다운 날이 눈앞에 보이지는 않지만, 시간이 훌쩍 지나 미래의 내가 지금처럼 또 이렇게 이야기하면서 웃을 수 있을 거로 생각하면 또 지금처럼 견디었던 나 자신에게 참 잘 견디었고 열심히 살았다고 말할 수 있을 거야.

그러니까 우리 그냥 주어지는 대로 받아들이면서 살아 보는 것도 괜찮을 거라는 생각을 하면 될 거 같아.

눈부시게 아름다운 날은 또다시 우리에게 올 거니까⋯⋯

다른 병원 중환자실에서
내 엄마의 모습을

○
○
○

기약 없는 미래의 운명 누가 알았겠는가, 본인 자신이 이렇게
아무것도 할 수 없이 누워 있으면서 주는 대로 받아먹으면서
인생을 마감할 줄을 그 누가 예측이나 하고 있었을까.
저마다 사연이 있겠지만 건강한 눈으로 바라본 중환자실의 모
습은 다 똑같아 보이는걸.

오늘 중환자실로 내려가신 시어머니는 며칠 있다가 다시 일반
병실 올라가실 거라는 말씀과 동시에 내 눈에 들어온 맞은편
할머니의 모습에서 시선이 머물러 손과 발이 묶여 누워 있는
상태로 코에 끼어 놓은 호스로 고농축 영양 식품으로 식사하
시는 모습에 벌써 눈가에는 눈물이 맺혀버렸다.
친정엄마의 모습이 그 할머니를 보면서 내 엄마를 본 것 같다.

유럽 여행을 다녀온 후 이틀 인가 몸 앓이를 하고는 바로 시어
머니 비상상태에 친정엄마는 아직 얼굴도 못 본 상태였는데 중
환자실에 그 할머니를 본 순간 그만 엄마 생각에 가슴이 울컥

해서 눈물이 쏟아지는데 얼른 뒤돌아서서 눈물을 닦아내고 다시 둘러본 병실 안의 모습에 심장이 아픈 것인지 가슴이 답답한 것인지 아무 생각도 안 드는 멘붕 상태였었다.

중환자실에서 나와 집으로 돌아오는 그 길에 자꾸만 눈물이 쏟아지는데 내일은 무슨 일이 있어도 아침 일찍 친정엄마 뵙고 와야겠다라는 생각에 내가 아무리 시집을 가서 남의 집 며느리가 되어 있지만 그래도 나를 낳아주신 엄마는 내 엄마 복순 여사인데 시댁이 뭐라고 내 엄마는 나 몰라라 뒷전으로 밀려나 있는 나 자신을 보면서 그래서 딸은 소용없다고 하는 말이 괜히 나오는 말이 아닌가 보다.
그런데도 눈물은 왜 하염없이 흘리고 있는지 엄마가 보고픈 것인지 아니면 미안한 것인지……

다시 사랑하라
한다면

○
○
○

욕심 없이 내 마음 그대로 전해지는 사랑을 하고
그리워서 이름을 불러 메아리가 돌아오지 않아도 좋은
조건 없는 사랑을 하고 싶다.

오롯이 내 것이 될 수 없다는 것을
처음부터 마음을 비우면 아파하거나 스스로 자학하는
미련한 사랑보다 나 자신을 더 사랑하는
지혜로운 사랑을 하고 싶다.

가벼운 마음으로 맑은 생각으로 교감할 수 있고 바라보는 곳
이 같고 정서가 똑같지는 않더라도 비슷한 사람과 사랑을 나
누고 싶다.

내 테두리 안에 가두어 놓고 세상 밖의 어떤 것도 바라보지 못
하게 하고 접촉하지 못하게 하고, 나만 바라보라는 새장의 새
를 만드는 사랑이 아닌 예쁜 사랑을 나눌 수 있으면 좋겠다.

살아보니 사랑은

그 어떤 것도 대신할 수도 없고

누구도 대신 해주는 사랑이 아닌

조건 없이 베풀어야 예쁜 사랑으로

곱게 채색을 할 수 있는 거 같다.

다시 내게 사랑하라 한다면 그 모든 것을

함께 공감할 수 있는 사람과 사랑을 하고 싶다.

다시
시작하는 서막은

○
○
○

의학 기술이 발달하여 수명이 길어져 살 수 있는 시간이 90~100세를 기준으로 한다면 다시 새 삶의 터전을 마련하여 살아간다면 반복되는 삶을 살아갈까, 아니면 더 나은 삶을 위해 살아갈까!

주위에서 이혼율이 점차 높아지는 상황들을 보면서 오죽하면 하겠나 싶은 생각이 들기도 하고 다시 새 삶을 시작한다 하여 이보다 더 나은 삶이 펼쳐질까 싶기도 하지만 주변엔 이혼하고 다시 만난 인연으로 더 나아진 삶을 살면서 그나마 얼굴에 웃음꽃이 피는 사람도 있고, 다시 그 지긋지긋한 생활을 또다시 하고 싶지 않다는 사람도 있다. 내 팔자가 어디 가겠냐고……

불혹의 나이로 접어든다는 50대 무서울 것도, 겁날 것도 없고, 못할 것도 없다는 년이라는 나이, 하지만 반면엔 안정적으로 가고 싶다고 현실에서 안주하려는 사람들도 많다.

누군가는 그런다, 정말 같이 살면 안 되는 사람들도 있다면서 서로 갈 길이 다르거나 매사에 헐뜯거나 신뢰하지 않는다면 차라리 놓아 주는 것이 서로가 사는 길이라고 한다. 그럼에도 불구하고 내가 갖기는 싫고 남 주기는 아까워 놓아 주지 않는 사람도 있다.

황혼의 이혼!
60대가 지나면서 늘고 있지만, 한편으론 이해를 못 하는 것도 아니지만 살아온 지난 시간이 굴레를 벗어난다는 것만으로도 위로가 될까.
인생을 다시 시작하는 서막序幕이라고 말하기엔 다소 늦은 감이 있는 것도 아닐까, 물론 재력이 있다면 문제는 달라지지만 그렇지 않다면 자식들도 부모를 공양하지 않으려 대놓고 자기들은 자기들 인생을 계획할 테니까 노후 준비하라고 얘기하는 젊은이들도 꽤 있다고 한다.

서두에서 언급했듯이 중년의 나이에 새로운 인생을 살아갈 다시 시작하는 서막序幕은 이전보다 나을 수 있다는 보장이 있을까…….

달콤한
이야기

○
○
○

누구나 가슴 속에는 달콤한 이야기 하나쯤 가지고 있지 않을
까! 그것이 사랑이든 우정이든 삶에서 일어났던 이야기이든 분
명 가슴 속에는 한가지씩은 지니고 있을 것이다. 살다 보니 내
가 원한 건 많은 돈이 아니었고 그렇다고 가난뱅이로 사는 것
도 아니었다. 물론 가난하게 살고 싶어 하는 사람은 없다. 노력
한 만큼 대가는 반듯이 따라올 것이라 믿는다.

가끔 창밖을 내다보다 어느 생각에 미쳐 입 꼬리가 살짝 올라
가 달짝지근한 달콤함이 입안에서 생각에서 맴돌 아 기분이
좋아질 때가 있다. 이것 또한 아주 작은 것들과 싱거운 정말
소소한 이야기로 씩~ 웃음이 맴 돌기도 한다.
예전과 달라진 것 중 하나가 나 스스로 기분 좋은 일만 생각
하는 모습이다. 그러면서 자연스럽게 표정이 바뀌고 맘대로 되
지 않으면 인상부터 일그러져 다시는 그만 살 것처럼 그랬던
내 모습이 어느 순간부터 변화가 일기 시작한 것이다.
예를 들면 어느 사람을 생각하면서 그 사람 이야기를 듣고 있

으면 무엇이든지 다 잘 이루어질 것 같고, 이 사람 이야기를 듣고 있으면 마음이 차분해지는 사람이 있고, 또 다른 사람을 만나면 그 사람은 내게 웃음을 만들어 주는 사람이 있는 것처럼 그렇게 내 안의 달콤한 이야기는 나 스스로 만들어가는 내 의지이고 내 숙제인 거 같다는 생각이 든다.

이렇게 쉽고 어렵지 않은 것을 좀 더 일찍 알았더라면 아마도 난 또 다른 고민으로 세상과 씨름을 하며 싸우고 있었을까? 아니다. 난 아마도 나와 또 다른 삶을 사는 사람을 만나면서 내가 가지고 있지 않은 그 사람의 달콤함을 얻어오지 않았을까 싶다.

달콤함으로 치장한 사람이 아닌, 허울뿐인 말만 늘어놓는 사람이 아닌, 생각이 긍정적인 사람은 달콤한 향기를 건네줄 줄도 안다. 사람을 만나다 보면 이 사람이 왜 내게 관심을 보일까 하는 사람 중에 처음부터 다가오는 것도 다가가는 것도 꺼림칙하거나 내키지 않는 사람이 있는데, 그런 사람은 느낌대로 오래가지 않는다. 반면에 이 사람 느낌이 참 좋다 할 때면 시간이 지나도 느낌대로 가는 경우가 훨씬 더 많다.

오늘 누군가 그립고, 오늘 누군가 자꾸 떠오르고, 오늘 누군가 입에서 자꾸 맴도는 이름이 있으면 그날 온종일 싫지 않은 하루를 마감하기도 한다. 가만 생각해보면 그것이 내게는 달콤한 사탕 같은 그런 하루였지 싶다.

당신
덕분입니다

살면서 가장 듣기 좋은 말.
"당신 덕분입니다."라고 말하면
"아닙니다."
"당신 덕분이기도 합니다."

타인에게서 이런 말을 듣고 사는 것도 좋지만, 가족이라는 울
타리, 내 부모와 나와 피를 나눈 남매, 형제, 자매 그리고 새로
운 가족이 생긴 처가와 시댁은 든든한 버팀목이 되어주고 믿
음을 주고 서로가 아껴주고 서로가 아까운 것 없이 살면서 가
족이지만 "당신 덕분입니다."라는 말을 하거나 듣고 사는지 다
시 한 번 되돌아봅니다.
어떤 사람은 나 아니면 안 된다는 맘을 갖기도 하고 나 아니면
너희가 그동안 편하게 살 수 있었을 것 같아 라는 마음을 가졌
다면 그건 대단한 착각과 오만이 아닌가라는 생각이 듭니다.
세상은 결코 혼자서 살아갈 수 없고 삶의 터전은 결코 나 혼자
서 일구어 내는 것이 아니니까.

많은 돈을 가지고 있다고 해서 사람의 도리를 저버리면 결코
행복해질 수 없으니까.

시간이 지나면 그 대가는 분명 자신이 아니더라도 후손에서
받게 된다는 말이 있듯이 그래서 사람은 마음이 고와야 하고
할 도리는 해야 합니다.

"당신 덕분입니다."라는 말을 듣고 산다는 것이 그렇게 어려운
것일까.
"당신 덕분입니다." 지금 이 시각 누군가가 내게 그렇게 말해
주는 사람이 있는지 생각해 봅니다.

딸아
너도 아이를 낳아 키워보면 알 거야

○
○
○

딸아이가 새벽 2시가 다 되어 가는데, 느닷없이 엄마 혼자 자취하는 친구가 무섭다고 하는데 가도 되냐는 말을 해서, 왜 가느냐고 했더니 현관 밖에서 시끌시끌 소리도 나고 사진 찍는 소리도 나고 해서 무섭다고 와 줄 수 있느냐고 했단다.

물론 경찰에 신고해서 경찰이 다녀갔다는 말과 아무도 없다는 말을 하면서 밖에서 순찰하고 있을 테니까 걱정하지 말라고 했다는데도 불구하고, 간다는 딸아이에게 절대 안 된다고 했더니 왜 안 되느냐고 하는 딸아이, 그래서 만약 네 딸아이가 지금 이 상황이랑 똑같은 상황이라면 넌 보낼 수 있느냐고 했더니 그럼 엄마는 친한 친구한테 그런 전화가 오면 안 갈 거냐고 오히려 반문한다.

여기서 좀 가슴이 따끔하기는 했다 왜냐면 내 가장 소중한 친구가 내게 그런 요청을 한다면 아마 나도 달려간다고 했을지도 모른다. 그런데 막상 내 아이가 그 상황에 간다는 말을 듣고는 불의의 사고라도 날까 봐 보낼 수가 없었다. 그것이 부모로서 자식을 보호해야 하는 의무이니까.

하지만 딸에게, 엄마는 안 간다고 하고 다른 방법을 선택할 것이라고 하면서, 누구든 그런 상황이 오면 가족을 불러야 하고, 왜 그런 고하면 만약 친구를 불렀다가 무슨 일이 생기면 오히려 일을 더 크게 만들 수 있는 상황이 올 수도 있고, 만에 하나 정말 안 좋은 일이 생기면 그 책임은 누가 질 것이냐고 하면서 부모한테 전화하는 것이 가장 좋은 방법이라 했더니 그 친구 부모님은 직장 생활을 해서 이 시간에 부모님께 전화를 못 하겠다고 하는 딸아이 친구, 그렇다고 친구를 부르는 아이나 또 거기에 가겠다고 하는 딸아이나 니들은 참 겁도 없다면서 두 번 말하지 못하게 강하게 어필하고 일축해 버렸다 다시는 그런 생각조차 하지 못하게……

요즘 아이들이 다 그런 사고방식을 가지고 있나 싶다.
그 새벽에 친구를 오라는 그 아이는 부모가 일해서 안 된다고 하고 남자 친구도 아닌 여자 친구를 호출한다는 것이 못내 못마땅하고 아쉬움이 남기도 한다. 뒷일에 대한 생각은 전혀 하지도 않고 그 새벽에 것도 일산에서 신촌까지 오라는 그 아이나 간다고 하는 딸아이나 똑같다는 생각이 들어서 다시 한 번 딸아이한테 신신당부하면서 어디에 있든 도움을 요청할 상황이라면 절대 친구를 부르지 말고 가족한테 연락할 것을 다짐받았다.

아이들이 어릴 때부터 세뇌교육을 한다고 했었는데…. 무슨 일이 있든 제일 먼저 연락을 취해야 하는 곳이 집이라고 하면서 좋은 일이 아닌 이상 어떤 상황에서든 엄마한테 제일 먼저 연락을 해야 한다고 귀에 못이 박이도록 이야기를 했음에도 아이는 겁을 상실한 채 달려간단다. 그렇게 입이 닳도록 말을 했는데도 불구하고…….

아이들한테 다시 한 번 각인 시키는 말이 필요한 것 같다. 상황에 대한 대처를 어떻게 해야 하는지 부모로서 알고 있는 모든 것들을 말이다.

딸아! 너도 아이를 낳아 키워보면 알 거야.

마음의 장벽을
벗어 봐

○
○
○

뭐가 그렇게 매사에 불만이 있고 뭐가 그렇게 매사에 마음에
안 들어 시시때때로 인상을 쓰고 시시때때로 트집을 잡고 그
러는지 모르는 사람, 그건 분명 그 사람의 마음속에 무엇인지
모를 트라우마가 있다는 것이 아닐까, 본인이 알고 있으면서도
모른 척하는 것인지, 본인 자신밖에 볼 줄 몰라서 그러는 것인
지 정말 궁금한 사람이 있다.

무엇을 미안해해야 하는지, 무엇을 잘못하고 있는지조차도 모
르는 아둔한 사람인지 아니면 부러질 줄 모르는 미련함을 지
니고 있는지 연구 대상도 이런 연구 대상이 있을까 싶다.

115

자신이 처한 상황과 자신이 조금만 내려놓으면 모두가 편안하
고 행복한 웃음꽃이 담장 밖으로 나갈 텐데 그것을 모르는 사
람에겐 어떤 말이 약이 될까 아무리 얘기해도 안 되는 어떤 말
을 해도 안 먹히는 미련함인지 아님 자존심인지 순간의 타이
밍을 못 맞추는 지각 능력이 부족한 것인지 아니면 알면서도

무엇이 문제인지 알고 있는데 인정하고 싶지 않고 자존심을 지키기 위함인지 모르겠다. 자존심을 지키기 위함이라면 그건 주위 사람들에게 결국엔 차가운 냉대와 외로움만이 있을 뿐인데 어느 시점이 되어야 그것을 인지할 수 있을까.

어떤 사람들을 믿어야 하고 어떤 사람들을 의지해야 하는지 모르고 오히려 밖으로 내몰아 버리는 말과 행동들로 인해서 언젠가는 가슴 치며 후회할 날이 있을 거라는 것을 모른다. 모두가 떠나고 난 후에 알게 될 것 같아 안타깝다.

마음이
약해졌다는 것일까

○
○
○

누군가 내게 말을 하더라.

나이를 먹는 것이 그렇게 쉬운 줄 알았느냐고 하면서 아파서
끙끙 앓고 있는 모습을 보면서 내게 해준 말이 왜 그렇게 서럽
게 들렸는지…….

그래! 나이를 어디 공으로 먹을 수가 있나 그만큼의 대가를 치
러야겠지.

아프기도 하면서, 다치기도 하면서, 상처받기도 하면서 그러다
또 언제 그랬냐는 듯이 헤헤거리기도 하면서 씩씩하게 잘 살았
지만 생각해 보면 행복하고 즐거워서 내가 성숙해진 것이 아니
고 아프고, 다치고, 상처받으면서 내면이 더욱 단단해져 성숙
해졌던 것이 아닌가 싶다.

우리가 행복할 땐 이보다 더한 행복은 없을 거야 지금처럼만
살았으면 좋겠다고 말은 하지만 실상 욕심이란 것이 어디 그런

가, 조금 지나면 더 큰 행복을 기대하게 되는 것도 사실이다.
하지만 행복할 때는 그 순간만 생각하지 다른 것은 생각할 겨
를이 없다.

왜일까!
지금 이 순간만큼은 즐겨야 하니까.
그렇지만 고통스럽고 아플 때는 생각이 비좁은 혈관까지 다 파
고 들어간 것처럼 온갖 잡다한 생각들로 머리가 복잡해지고
지난 시간까지 들먹이며 나만 왜 이러고 살아야 하나 하는 생
각마저 들어 더 힘든 시간을 스스로 만들기도 한다.
시간이 지나면서 보면 인내하는 것도, 살아가는 방법도, 고통
을 견디는 법도, 차츰차츰 내성이 생기면서 기나긴 자신과의 싸
움이 있기 때문에 어쩌면 나는 지금의 내가 있었지 않았을까….

아프면서 성숙해진다고 했던가.
아파 봐야 돌아보는 계기가 만들어진다고 했던가, 그 말이 맞
는 것 같다.
아프니까 나를 돌아보게 되고 아프니까 주변을 돌아보게 된다.
몇 년 전 크게 겪어봤던 일이고 그때에 비하면 아픈 것도 아님
에도 이렇게 생각이 많아진다.
마음이 약해졌다는 것일까…….

마음이 차가워지는
사람아

○
○
○

마음이 따뜻한 당신이었으면 좋겠습니다.
삶이 힘들더라도 당신만은 여유로운 모습이었으면 좋겠습니다.
삶이 지치더라도 당신만은 꿋꿋하게 살아가는 모습이었으면
좋겠습니다.

삶에 힘들고 지친 당신이지만 힘들다고 말한들 누가 당신 맘
어루만져 주지 않듯이 내 몫의 고됨을 끌어안고 가는 것은 누
구의 몫이 아니기에 차가워지는 마음 이해 못 하는 건 아니지
만 나 스스로 다독이는 현명한 사람이었으면 좋겠습니다.

마음이 차가워지는 사람아.
세상엔 나보다 힘든 사람이 더 많다는 것을 우리는 잠시 망각
하며 살고 있어서 혼자 외롭고 고독하고 힘들다고 생각하기 때
문에 마음을 열지 못해 당신 마음이 차가워지는 것입니다.

마음이 차가워지는 사람아.

잊지 마세요! 당신 마음 따뜻하게 보호하고 감싸주려 하는 사람들이 당신의 모습을 보면서 안타까워하는 사람들도 있다는 것을 잊지 않았으면 좋겠습니다.

마음이 차가워지는 사람아.
힘들어하는 당신을 위해 해 줄 수 있는 건 말뿐이지만 진심으로 당신을 위하는 기도라는 것을 알아주었으면 좋겠습니다.

마음이 차가워지는 사람아.
당신 마음이 따뜻하고 아름다운 사람으로 빛이 나기를 간절히 원하는 내가 그림자처럼 당신을 위해 하루를 시작하는 것처럼 당신 마음이 따뜻해졌으면 좋겠습니다.

막내며느리인
내 동서

○
○
○

며칠째 병원에서 어머님 시중드느라 시간을 다 보내고 있는 동서는 신혼 초에 어머님과 함께 잠깐 살았고 계속 옆에서 살아서였는지 어머님께서는 동서만 찾는다. 잠시 눈에 안 보이면 두리번거리며 눈에 보여야 안심을 하시곤 눈을 감으신다. 동서가 집에 가서 좀 쉬고 올 테니까 형님하고 잠깐 있으라고 해도 어머님은 싫다 하신다. 다 보내고 너만 있으라고 하시는 어머님 그러면서도 우리가 늦게 가면 왜 안 오느냐고 찾으신단다. 당신은 지금 무섭고 두려운 것이다.

언젠가 시숙님과 어머님께서 하신 말씀이 생각이 난다. 셋째는 입바른 소릴 잘해 제일 무섭기도 하고 남에게 피해 주려 하지도 아쉬운 소리 하는 것도 싫어해서 든든하기는 한데 그래도 제일 어렵다는 말씀을 하신 적도 있었다.
그리고 사고 나고 몸이 아파서 못할 거로 생각하신 것 같다. 몸 챙기라고 오히려 내 걱정을 하시기도 했지만, 친정엄마 자주 찾아뵈라는 말씀을 나지막이 하신다. 돌아가시면 보고 싶어도 못 본다고 그러면서 나도 죽고 나면 못 보니까 있을 때 많이 봐두라는 말씀을 해주기도 하시는 모습이 맘이 자꾸만 쓰인다.

제일 많이 의지하는 막내며느리가 월요일부터 일해야 해서 매달릴 수가 없다는 것을 아시는 어머님께서는 토, 일요일이 돌아오는 것이 두려우신가 보다 자꾸만 요일을 물으신다.

그렇잖아도 삐쩍 말라서 제발 밥 좀 먹고 다니라고 늘 잔소리를 한다. 워낙 입이 짧고 가리는 것도 많아 며칠 굶다가 한꺼번에 몰아 먹기도 하는 동서 요즘 어머님 시중드느라 더 살이 빠져버린 모습이 안쓰럽기까지 한다.

시댁에서 유일하게 둘이 잘 통하고 뜻이 맞아 큰일이든 작은일이든 둘이만 있으면 일의 속도가 빠르다. 서로 해야 할 일을 어떤 것부터 진행해야 하는지 말 안 해도 제자리 찾아 시댁의 흉부터 시작해 남편들까지 다 도마 위에서 사정없이 두들긴다. 우리는 서로 어떤 마음인지 표정만 봐도 알기 때문에 웃고 떠들면서 하다 보면 어느새 일은 다 끝나고 잠깐의 틈을 타 눈요기까지 하는 여유를 부린다. 그런 동서가 있어서 그나마 덜 힘들고 의지를 하게 되어 늘 고맙다.

동서야 미안하고 고마워 그리고 생일 축하해……

조용히 지낼 수밖에 없지만 그래도 축하해~

말 한마디의
설렘

○
○
○

당신은 어떤 말로 인하여 설렘이 있으십니까?

사람마다 설레는 행동과 말이 다르기도 하고 누구나 느끼는
감성이 다르고 어느 쪽으로든 감각이 탁월한 방향 쪽으로 그
렇기도 할 것 같습니다.

나이가 들수록 달라지는 것들이 있습니다. 예전에는 참 예쁘
다, 사랑스럽다, 여성스럽다 이런 말들이 설렘을 주기도 했었는
데 2~3년 사이에 바뀌면서 그런 말보다 이제는 '당신 참 멋있
는 여자야'라는 말을 들을 때가 더 좋습니다.

얼마 전,

지인과 한참 이야기를 나누는데 민망할 만큼 이야기를 듣고
바라보더니 오늘 당신 참 멋있는 여자라는 생각으로 굳혔다면
서 몇 년을 봐왔는데 오늘 다시 보게 되었다면서 엄지손가락
을 치켜세워 보이면서 그 모습, 그 마음, 그 생각 변함없이 앞
으로도 쭈욱~ 지속하라면서 응원하겠노라며 당신 참 멋있는

여자라는 그 말이 한동안 내 자신을 다시 치켜세워주기도 하면서 내가 서 있는 이 자리까지 오는 것도 나 혼자만의 힘이 아니라는 생각이 들고, 내 주위에 있는 분들 지인들 친구들 그리고 가족들한테 참 고맙다는 생각이 듭니다.

감성을 흔들고 자극하면서 상대를 말 한마디로 바꿀 수 있다는 것을 새삼 다시 느끼게 되는 계기였고 "칭찬은 고래도 춤추게 한다" 는 말, 말이란 것이 무심히 한 말과 흘려서 내보낸 말과 진심 어린 말은 분명 색깔이 다르다는 것을 너무나 잘 알고 있으면서 가끔 무심코 던진 말 한마디로 상대는 상처가 되어버리기도 합니다.

누군가에게 어떤 말을 해주고 싶고, 내 앞에 있는 사람에게 어떤 말을 해 줄 수 있는지 생각하고 염두 해 둔다면 어느 상황에서든지 예쁜 말을 하지 않을까 싶습니다.

머리가 희끗희끗해지더라도 이 말을 들으며 살고 싶습니다.

"당신 참 멋있는 여자야" 라는 말를을…….

맛있는 삶,
멋있는 인생

○
○
○

내가 살아갈 시간이 얼마나 남아 있는지 알고 산다면 그건 어떤 느낌일까?

그저께 일요일에 초교 친구가 심장마비로 죽었다는 비보를 받고 적잖은 놀램이 있었다.

늘 씩씩하고 밝고 당당하던 친구, 그런 친구가 그날 친구들 모임에 불참하고 한 친구와의 통화가 마지막이었다. 피곤해서 쉬고 싶다는 말 한마디만 남기고 우리 곁을 떠나버린 친구.

죽음의 이유도 모른 채 당황한 가족들, 친구들 다음 날인 어제여서야 그 친구가 심장마비로 죽었다는 것을 알게 되었다.

친구에게 조문을 가면서 친구 차에서 주고받은 내용이 우리가 살면서 죽음을 알고 죽으면 어떨까 하는 이야기들이 나왔는데, 내가 태어난 생일에 정해진 나이에 죽으면 어떨까 하는 이야기와 정해진 나이는 없고 생일에 죽는다면 어떨까 하는 이야기들이 오고 가는 가운데 그렇다면 그건 준비 과정이 있으니까 괜찮은 거 아니냐는 말과 죽는 날이 다가오는데 제정신

으로 살아갈 수 있을까 하는 말과 알고 죽는다면 너무 잔인한
것이 아닌가 하는 생각도 하게 된다.

아직은 나이가 젊은데 벌써 이렇게 친구들이 하나둘씩 떠나가
는 것이 안타깝고 나 스스로 또다시 뒤돌아보게 되는 시간이
되기도 하고 나는 어떤 삶을 살아왔을까 하는…….
그래~ 이렇게 살아도 저렇게 살아도 죽는 건 어찌 되었든 거
부할 수 없는 거니까 얼마나 더 살지 모르지만 남아 있는 내게
주어진 삶을 어떻게 살 것인지 생각하게 되기도 한다.

맛있는 삶, 멋있는 인생을 살아야 내가 이 세상을 떠나는 날,
그래도 덜 후회하지 않을까 싶기도 하고 우리가 늘 하는 말 '인
생 뭐 있어~' 라고 그렇지만 그것이 마음대로 안 된다는 것도
알지만 내 인생을 위해서 노력은 해야 한다.
맛있는 삶! 멋있는 인생!
우리가 살아야 하는 그 시간, 잘 양념하고 버무려 조합해서 살
아 보자 몇 십 년을 살면서 내 인생에 아무것도 없이 빈 허공
에서 맴돌다 갔다는 소리는 듣지 말아야 하니까.
맛있게 살아가는 삶과 멋있게 살아가는 인생이 어떤 것인지 그
건 본인, 본인 스스로가 해답을 찾아야 하는 것이다.

망설이다 놓치는
바보

○
○
○

갖고 싶은 것, 원하는 것이 있다면 수단과 방법을 가리지 않고 다른 사람 가슴 피 멍들게 하고 아파하는 모습을 보면서까지 내 것으로 만들어야 옳은 것일까.

내 것이 아니라면 내 것이 될 수 없다면 수많은 노력과 시간을 투자하면서까지 내 것으로 만들고 싶지 않은 아니 어쩌면 정당한 방법으로 인해서 내 것이 된다면 노력과 시간이 소요된다 하더라도 얻은 것의 결실이 내겐 더 값진 것이기 때문에 그만큼 애착을 가지게 된다.

그런데 아주 사소한 것에서 망설이는 것들이 있다.

지나고 나면 후회하게 되는 소소한 것들임에도 불구하고 어떤 일이 생기면 큰일에서는 빠르고 신속하게 결정을 내리면서 소소한 것에서 망설이는 일들로 인해 놓치기도 한다.

말없이 조용히 자기 할 일만 하는 사람은 말이 앞서지 않는 것처럼 정말 큰일을 벌일 때는 조용하게 일을 진행하고서도 주변에 알리지 않고 아무 일도 없었던 것처럼 현실에서 묵묵히 자기 할 일을 한다. 다른 사람들이 자연스럽게 알게 될 때 전혀 내색하지 않는 사람이 있다.

말이 앞서서 행동보다 늘 말로 인해서 자신을 가볍게 만드는 사람은 늘 그렇게 살아왔기 때문에 100% 그 사람의 말을 귀담아듣지 않는다. 그럼에도 불구하고 자신의 말을 믿어준다고 생각하고 있는 사람도 있다. 이런 사람이 내 주변에도 있지만 이럴 경우는 적당히 내 안에서 가려듣거나 버리거나 하게 된다.

생각해 보면 나 자신은 전자에 속한다. 말없이 조용히 내 할 일 하면서 다 담아두고 넘어가기를 수십 번씩 하고 나서 여기까지라고 생각이 들면 어떠한 경우라도 망설임 없이, 미련 없이 털어버리는데 요즘 갈등하는 일들로 인해 선택의 갈림길에서 다시 한 번 주변을 돌아보게 되면서 자꾸만 걸리는 일들로 인해서 또 망설이다 시기와 때를 놓치는 바보가 되는 건 아닌지 모르겠다.

판단이 흐려지는 건지 아니면 나 자신이 아닌 주변을 더 돌아보게 되는 것일까 이것도 삶이 일깨워주는 연륜에서 비롯한 것일까…….

머리에
광주리를 이고

○
○
○

안아 드리면 숨 막힐까,
살며시 안아야 하는 작은 몸
너무 작은 체구에 숨어있는 웃는 얼굴을
몇 번이나 봤을까, 내 엄마의 고운 미소를

아이를 등에 업고
머리에 똬리를 올리고는 광주리에 씨앗이며
과일이며 채소를 가득 담아서 수십 리 길을
걸어야 했던 엄마의 삶, 아니 여자의 인생은
가슴 가득 사무친 아픔 많을 간직한 채
엄마의 인생을 다 내려놓기도 전에

강인한 정신력과 책임감으로
식솔들을 보살펴야 했던 엄마의 삶이
고스란히 묻어있는 똬리와 광주리가 당신을
일어나지 못하고 묶여 있는 채 만들어 버린 세월

엄마의 삶을, 여자의 삶을

병들어 누워있는 엄마를 위해 무엇으로,

인제 와서 어떤 것으로 보상해 드릴 수 있을까.

멈출 수 없는 열정

○
○
○

너무 많아도 탈이고 너무 없어도 탈인 내 안의 열정, 늦은 시작이라고 해야 하는 건지 아니면 적절한 시작이라고 해야 하는 건지 잘 모르겠지만 온몸으로 다 보여 줄 수 없는 삶의 열정이라는 뜨거운 것들을 보여 줄 수가 없어서 안타까운 맘이 생기기도 한다.

이건 분명 욕심이 아닐까 싶다 적절한 조절과 적절한 생각으로 넘지 말아야 할 선을 그어 놓은 것처럼 적당하게 즐길 수 있을 만큼만 하자 하는데 마음이란 것이 생각을 따라 주지를 않아서 오늘은 내면의 나 자신을 보면서 무엇엔가 그렇게 쫓기는 사람처럼 왜 아 둥 바 둥 거리니? 조금 편안하게 흘러가는 대로 그냥 여유롭게 묻어가고 머릿속 좀 비우면 어때서 무슨 잡다한 생각들로 그렇게 고민을 하는지 그러면서도 어느 순간엔가 손에서 생각에서 내려놓기 시작하면 무섭게 내려놓는 너를 좀 바꾸었으면 좋겠다는 생각조차도 어쩌면 이것 또한 열정이 지나쳐서 그런 것이 아닌가 싶은 생각이 든다.

조금만 가볍게 생각하면 좋을 텐데 그렇다면 내 마음 다쳐서, 내 마음이 아픈 것 먼저 생각하면 어떤 것이든 덜 상처받고, 덜 가슴앓이하고 빨리 털어 버리고 혼자 다독이는 시간이 더 짧을지도 모르겠다. 말은 나 괜찮으냐고 하지만 정말 괜찮아서가 아니라 상대가 아파할까 봐, 힘들어할까 봐 어쩌면 내 상처는 뒤로 미루면서 상대를 다독이고 보듬어 주느라 그러는 것이 아닌가 하는 생각이 들기도 한다.

나는 그러면서 다른 방법으로 나 스스로 다독이고 버리고 받아들이는 일을 찾았던 것들이, 인제 와서 보따리를 풀어 놓은 것처럼 꼭 꼭 숨겼던 것들이, 더 늦기 전에 더 나이 먹기 전에 할 수 있을 때 해보자는 그것이 어떤 것이든 그래서 이렇게 가슴 깊은 곳에서 뜨거운 열정으로 표출하는 것이 아닌가 싶다. 그럼에도 불구하고 자꾸만 내 마음속에서는 조금 느슨하게 조금 여유롭게 하자며 자꾸 되뇌는 나를 요즘 종종 보게 된다.

이 멈출 줄 모르는 열정을 조금만 편안하게,
조금만 여유롭게, 조금만 즐기면서 살아갈 줄 안다면
그것보다 더 좋은 것은 없을 것 같은데 왜 생각과 마음과 행동이 따로 움직이는 것일까…….

며느리 & 아내로
사는 삶

○
○
○

여자!

며느리이고 아내로 사는 건 누구나 마찬가지이겠지만 참 서럽기도 서글프기도 하다 요즘 젊은이들은 안 그렇겠지만, 기성세대들은 공감하는 이야기가 아닌가 싶다. 양가 부모님이 다 돌아가셔서 지금은 덜하지만 그래도 가슴 한 켠에 남아있는 친정 부모님에 대한 아픔은 남아있다. 아니 어쩌면 죽는 순간까지 그러지 않을까.

친구의 눈물!

얼굴과 눈이 빨개지도록 울고 있는 모습에 놀라서 왜 그러냐 했더니 친정아버지가 급성 심근 경색으로 어젯밤에 쓰러져 병원에 가셨다가 오늘 오후에 퇴원하신다고 하면서 더 서럽게 우는 친구, 자식 노릇을 제대로 한 적이 한 번도 없다고 하면서 친정 부모님께는 용돈을 제대로 드려 본 적도 없고 옷 한 벌 사드린 적이 없다면서 사는 게 뭐 이러는지 모르겠다는 말에 나까지 화가 나기도 하고 마음이 아프다.

어느 부모가 내 새끼 귀하지 않게 키울까!

누구나 다 같은 마음으로 자식을 키우지만, 딸에 대한 애착은 엄마들보다 아빠들이 더 강한 것도 사실이지만 이해할 수 없는 것이 남편이다. 본가 부모님께는 의무적으로 당연히 해야 하는 효孝이고, 처가 부모님은 뒷전이거나 손 놓고 있는 사람들도 의외로 많다. 처가니까 처가에서 알아서 할 것으로 생각하는 모순이 화가 난다. 그러면서 내 딸을 출가시켜도 그렇게 생각할까? 우리보다 윗세대들은 자라온 환경들이 그러니까 그런다지만 적어도 우리 기성세대들은 시대의 변화에 흐름을 타면서 듣는 얘기, 보고 있는 현실에서 느끼는 것들이 없을까.

목구멍이 포도청이라고 먹고살아야 하니까 일을 해야 한다고 하지만 하루쯤은 혼자서 일을 하고 와이프는 소식을 받은 즉시 혼자서라도 다녀올 수 있도록 배려해 주어야 하는 것이 아닐까? 처가 부모님이 안 계셨더라면 내 가족이라는 울타리를 형성할 수 없으니까 그러면서 내 딸이 그런다면 얼마나 서운하고 마음이 아플까를 생각해 본다면 내 와이프와 처가의 입장도 충분히 이해하지 않을까.

이럴 때 보면 며느리와 아내로서 살아야 한다는 구시대적 발상을 깨버리고 싶을 때가 있다. 수단과 방법을 안 가리고······.

서럽게 우는 친구를 보면서 내 가슴이 무너지는 건 내 부모가 생각이 나서이겠지만 소리만 요란하게 불리는 허울 좋은 누구 집 며느리, 누구 와이프, 누구 엄마라는 빈껍데기뿐이라는 생각이 든다.

몇 년이 지나면 내 새끼들도 결혼을 시키고 분가를 시키고 나면 내 며느리 내 사위는 어떤 사람이 들어올지 참 무섭기도 하고 겁이 나기도 한다. 그렇다고 자식을 의지한다거나 하는 생각은 없지만, 기성세대들의 생각이 바뀌지 않는 한 이런 마음고생을 하면서 살아야 하는 것 또한 며느리가 아닌 그때 또한 우리 기성세대들이지 않을까 젊은이들은 개방적이고 개념이 다르니까.

서럽게 우는 모습을 보고 와서 마음이 편치가 않다. 나도 며느리이고 딸이라는 입장에서 바라보니까…….

무늬만 중년(?)인 아홉 남자의 모임 우사모

○
○
○

우리를 사랑하는 사람들의 모임이라 해서 줄임 말로 '우사모'라 불리는 남자들의 모임 수필집 1집에 실리기도 했었던 무늬만 중년을 달리고 있는 남편들 아니 철딱서니(?) 없는 남편들, 이 남자 분들은 자기들이 무슨 20, 30대의 몸을 아직도 가지고 있는 것으로 착각하고 있어서 밤이 새도록 음주 가무를 즐기기도 하지만, 것보다 체력들이 이제는 어느 정도 고갈되어서 새벽까지 놀다 보면 다음 날 고생을 하면서도 어떤 종목의 운동이 되었던 치열한 전쟁으로 박 터지기 일보 직전의 운동으로 시끌시끌한 그들만의 화기애애한 분위기에 서로 빠져든다. 이건 당연히 내가 속해있는 모임이니까 이렇게 이야기를 하지만 다른 사람들이 보기엔 좀 과하다 싶을 만큼 시끄럽다는 것을 주변의 시선으로 감지할 수 있다. 이미 취기에 올라있는 상태라 무어라 말을 해도 제어가 안 되기 때문에 이럴 땐 그저 입 다물고 조용히 안면 몰수하는 수밖에 없다.

그래도 많이 융화되어 예전보다는 덜 시끄럽고 살짝 다툼도 있고 했는데 나이를 속일 수가 없는 건지 아니면 서로 조금씩 양보하고 이해를 하는 것인지 그나마 다행인 건 다툼이 없어져서 그것만으로도 다행이다 싶다.

남자 분들만의 모임으로 이루어지면 싸우든 토라지든 상관이 없지만, 부부동반으로 모임을 할 때 서로들 상처 내는 말로 옥신각신하면 아내들도 불편하고 다시는 안 가고 싶은 것이 부부동반 모임이다.

살아가는 방법도 다르고 생각하는 것도 다르지만, 우리가 살아가는 삶을 지향하는 목표의 꼭짓점은 어떤 방법으로 가든 같은 곳을 바라보는 것이 우리가 아닌가 싶다. 나이를 먹으면서 마음 씀씀이가 여유롭고 어떠한 경우라도 지혜로움을 발휘하고, 내 생각만 옳다 주장하는 자기중심으로 이끌어가는 사람만 없다면 모임은 마지막 한 사람이 남을 때까지 지속할 수 있는 그런 사람들이었음 좋겠다는 바람이다.

재열, 병식, 기태, 영일, 학수, 호근, 정호, 택상, 상근씨 이렇게 9팀으로 이루어진 모임인 데다 각자 성격이 누구 하나 빠지질 않는 강성을 지니고 있어서 바람 잦을 날이 없다. 그래도 우여곡절 끝에 삐거덕거리면서 굴러가는 거 보면 신기하기도 하지

만 나름 성격을 한 템포 늦추는 여유를 보여주는 거 보면 역시
나이는 속일 수가 없는 건 분명한데, 그런데 언제쯤 조용하고
일찍들 귀가할까?

뭐~ 솔직히 말하면 나부터 힘들고 지치니까……

모임을 하면서 2차는 볼링장으로 가는 것이 기본이고 3차까지
가는 것이 관례인지라 상중(喪中)임에도 불구하고 갔었던 노래방
에서 끝나갈 무렵에 정호씨가 나훈아의 홍시를 불러 장례식장
에서도 꾸욱 참고 있었던 눈물을 보이게 한 것이 아마도 장난
기로 일부러 그런 거 아닌가 의심스럽기까지 한다. 집에서 나
설 때는 어떠한 말이 오고 가더라도 절대로 눈물 보이지 않을
것이라 했는데 완전히 빗나간 착각이었다.

어제의 용감한 남편들 그리고 말없이 따라주는 속 깊은 아내
들 오늘은 댁에서 다들 쉬고 있을까 아니면 우리 집 남자처럼
또 다른 약속으로 외출했을까.

고맙고 감사하다는 이야기를 해야 했는데 나훈아의 노래 홍시
때문에 끝내 인사조차도 제대로 하지 못한 울보였으니 이렇게
지면으로 그분들께 인사를 드려야 할 것 같다.

"우사모 친구분들 그리고 마음이 고운 아내분들 진심으로 감
사합니다."

미망인의
애사

○
○
○

어느 미망인의 슬픈 이야기를 듣고 있는데 내가 그 입장이라
면 어땠을까 싶다.

겉으로 보이는 표면은 행복해 보였던 부부, 그 속내는 모르겠
지만 늘 활기차고 웃음이 있는 그녀의 얼굴은 행복해 보이기만
했었다.

부부 사이에 아들만 둘이 있었던 큰아이가 고3인데 19살이라
면 사춘기를 겪고 있는 것인지 아니면 세상을 비관하는 것인
지 마주 보고 앉아 이야기를 해보지 않아서 모르겠지만, 그 미
망인도 아들도 안타깝기만 한다.

남편이 암 투병으로 몇 년을 고생하다가 2년 전 끝내는 가족
을 두고 먼 길을 떠나면서 미망인은 남편을 보낸 아픔보다 아
들의 반항이 더 힘들고 아프고 괴롭단다.

엄마 때문에 아빠가 죽었다면서 무자비한 언어로 엄마에게 폭
언을 던지기도 하고 집을 나가라는 말을 서슴없이 한다고 한
다. 이 아이는 어디서부터 잘못된 것인지 무엇이 문제인지 미

망인은 아들을 어떻게 잡아 주어야 할지 하루하루가 살얼음판을 걷고 있다고 한다.

조금 더 있으면 폭행까지 서슴없이 할 것 같은 분위기라고 하면서 말하는 그녀의 말을 들으면서 오히려 내가 더 화가 나고 아이를 붙잡고 이야기를 하고 싶은 심정이다. 하지만 그 속에 끼어들 수도 없는 것이 타인의 가정사이다 보니 안타까움만 더욱 커진다.

어제 아침엔 그 미망인으로부터 메시지가 왔다. 잘 지내느냐는 메시지를 보내왔는데 상황을 다 알고 있어서 잘 지낸다는 말을 하기가 미안할 정도여서 그럭저럭 지낸다고는 했지만, 더 놀라게 했던 메시지가 뒤이어 날아왔다.

몇 번이나 죽어야겠다는 마음이 들어 죽을까 했었는데 둘째 아들이 자꾸 눈에 밟혀서 죽을 수가 없다는 글에 가슴이 철렁 내려앉는다. 얼마나 힘들고 괴로웠으면 그럴까 싶고 아무런 도움을 줄 수가 없다는 것이 더 마음을 무겁게 한다.

아이의 작은 아빠한테 도움을 청해보라 했었는데 그렇게 해보았지만, 도무지 말을 들으려 하지도 않고 오히려 엄마에 대해 폭언만 한다고 하면서 작은 아빠가 더는 할 말이 없다고 한다. 도무지 말이 먹혀들지를 않는다면서……

엄마가 더 힘들고 아프고 괴롭다는 것을

아이는 왜 인지하지 못할까,

살아도 사는 것 같지 않은 엄마를 왜 힘들게 할까,

엄마가 무슨 죄가 있다고 아무리 미워도 반려자가 먼저 죽기를

바라는 사람이 누가 있을까,

부부란 것이 아무리 미워도 그 정도의 맘까지는 갖지 않을 것

인데 말이다.

먼저 떠난 사람의 빈자리를 느끼는 건 당연하지만 떠난 빈자

리가 오래된 것이 아니어서 지금도 문을 열고 들어 올 거 같아

서 자꾸만 현관문을 바라보게 되는 것이 남아 있는 한쪽이 아

닐까.

자식이 아무리 힘들어도 엄마만 할까….

그 긴 투병생활을 해 오면서도 지극정성으로 보살피며 생계를

유지하던 엄마만 할까….

19살이라면 철딱서니 없는 나이도 아닌데 그 아이가 왜 그렇게

엄마를 자꾸만 밀어내는지 모르겠다. 더는 밀려날 곳도 없다는

데, 더는 가야 할 곳도 없다는데 어쩌라는 것인지, 어둠이 드

리워지는 미망인의 모습이 내 머릿속에서 떠나질 않는다.

내 마음이 불안해지는 이유는 뭘까 더욱 심각한 상황이 도래

되어 혹시나 그녀가 나쁜 맘을 가지는 건 아닌지 걱정이 되어

서 그럴까.

어제 이른 아침 미망인의 메시지

얼마나 암담하고 괴로웠으면 내게 그런 문자를 남겼을까 싶은데 그 말에 무어라 말을 해야 하는지 위로를 받고 싶었던 것인지 도움을 요청하는 것인지조차 감을 잡지 못해서 내 마음조차도 침울하기만 한다.

얼마나 절망적일까,

얼마나 허망할까,

누구보다 더한 암흑 속에서 버텨내야 하는 그녀, 내가 그 입장이라면 어떻게 했을까……

부부라고
하기엔

○
○
○

같이 살아온 시간이 짧든 길든 서로의 프라이버시는 지켜주어
야 하는 것이 부부임에도 불구하고 영역(?)을 침범하는 건 어
느 한계까지일까.
일거수일투족을 감시하고 알려 할수록 상대방은 더 감추려 한
다는 것을 모른다. 적당히 알아도 모르는 척해줘야 오히려 말
을 하지 않을까 싶다.

어디를 가는지, 누구를 만나는지, 왜 가는지, 왜 만나는지 하
나도 빠짐없이 알아야 하고 전화를 못 받는 것조차 전화를 안
받았다고 하면서 본인이 어디를 가는지, 누구를 만나는지, 전
화를 왜 안 받는지를 상대는 확인하지 않는데도 불구하고 의
심하거나 확인하려 할수록 거리감이 생기거나 오히려 마음을
열어놓지 않게 되고, 누군가를 만나고 있는데 전화를 받으면
누구랑 있느냐, 왜 만나느냐, 언제 들어오느냐 하면서 다그친
다면 그건 세상과 담을 쌓고 살라는 것이다. 그러면서 본인은
오지랖에 오만 것을 다 참견하고 주변 사람들에게는 정이 많

고 정의로운 사람이라는 말을 듣고 산다.

그래서 사람들은 말한다. 깊은 속사정을 모른 채 좋은 남편하고 살아서 부럽다거나 행복하겠다고 한다. 남들이 어찌 알까 한 가정이 어떻게 살아가는지, 많은 사람을 만나다 보니 이런 가정들이 의외로 많은 것 같다. 현실감 없이 존재감 없이 사는 남편이나 아내들!

산다는 것이 어디 내 맘대로 살아지던가,

사람을 만나는 것도 좋은 사람만 만날 수 없고, 가고 싶지 않은 곳도 가야 할 곳이 있고, 죽을 만큼 하고 싶지 않은 일도 해야 할 때가 있다. 사람의 도리를 해야 하고 나 혼자 사는 세상이 아니고 삶이 아니니까!

수없이 많은 시간 속에 상처로 가슴에 비수를 꽂고 사는 사람들, 수없이 많은 상처를 안고도 사는 사람들 그럼에도 불구하고 그런 사람들은 가슴 쓸어내리며 내일은 나을 것이라고 스스로 위로하며 아프고 생지옥 같은 시간을 가슴에 지니고 사는 사람들, 왜 그렇게 살아야 할까!

되돌리고 싶다고 말하는 것을 보면 새까맣게 타들어 간 지난 시간을 되돌려주고 싶을 정도이다.

이제는 눈물도 메말랐는지 눈물도 안 나오고 오히려 악에 치받친 사람처럼 세상과 사람들을 바라보는 눈이 곱지가 않다. 아직도 살아야 할 시간이 많은데 어찌 살아갈까 싶은 부부들 그렇다고 헤어지라는 말도 조심스럽고 함부로 해서도 안 될 말이니 참 안타까운 마음이다.

빈자리는
커져만 가고

○
○
○

엄니가 건강하셨을 때 내게 하신 말씀이 맞나 봅니다. 작은 것 하나하나 다 해주시던 엄니 그래서 엄니한테 그랬었지요. 이렇게 하나부터 열까지 다 해주면 엄마 안 계실 때 나 어쩌라고 이렇게 다 해주느냐고 했더니 엄니는 그러신다, 이 없으면 잇몸으로 살고 내가 없어도 너는 다 잘할 수 있다고 하셨다. 어깨 너머로 보고 배운 것들이 있어서 다 잘할 거니까 그런 걱정 하지 말라고 하시던 엄니.

그 말씀을 작년까지는 그리 크게 와 닿지 않았는데 올해는 엄니가 해주시던 것들을 하나하나 하는 거 보면 맞는 말씀인가 보다.

한 번도 내 손으로 콩 껍질을 까 본적이 없이 엄니가 다 까고 씻어서까지 가져다주셔서 밥을 해먹기도 하곤 했었는데, 집 앞 가구점 사장님께서 동부를 조금 주셨는데 집에 가지고 와서 쟁반에 쏟고는 엄니 생각에 가슴이 먹먹해진다.

그리고 동네 아주머니가 밭에서 막 캐낸 도라지를 손질하고 계셔서 지나가다 올겨울에 아이들 생각해서 사야겠다는 생각에 한 관을 사 와서는 손질하면서 씻어내는데 양도 많지만 씻어내는 것이 보통 일이 아닌 것 같다. 딸아이와 의자에 앉아 밖에서 수돗물 틀어놓고 씻는데 엄니 생각에 울컥하는데, 힘들다는 소리 한 번도 안 하시고 해 주셨던 엄니 그걸 당연하다고 가만히 앉아서 받아먹었던 내 모습이 떠오른다.

일 년에 한 번씩 감기를 며칠씩 앓아누우면 엄니는 배와 도라지 그리고 대추까지 넣어서 푹 끓여서 가져와 먹이곤 했었다. 지금은 엄니가 병원에 누워 계시지만 엄니의 빈자리가 가을걷이하면서 더 크게 느껴진다. 엄니가 해주시던 것들을 이제는 엄마인 내가 내 새끼들을 위해서 준비를 하는 모습이 나도 내 엄니를 닮아 가나 보다 하는 생각에 이제는 나 스스로 엄니의 손길을 그리워하면서 하나둘씩 해나가야 할 것 같다. 나이가 몇인데 이제야 철이 드나 보다.

147

든 자리는 몰라도 난 자리는 표시가 난다더니 맞는 말이다. 내년에는 후년에는 더 큰 엄니의 빈자리를 느끼면서 살아가겠지. 더 성숙한 어른이 되어가면서…….

사람 냄새 폴폴

인간미가 폴폴 날리는 따뜻한 사람, 정이 많아 주체할 수 없는
사람은 다른 사람에게서 받는 상처도 그만큼 많다는 것을 알
면서도 태생이 그런 사람은 어쩔 수 없다지만 아닌 것 같다.
세파에 휩쓸려 모난 성격이 되는 사람도 더러는 보았지만,
그 내면은 새파랗게 멍들어 소리 없이 혼자 울고 있는 사람도
있다.

그 사람의 있는 그대로 살게 놔두면 안 될 것처럼 왜 그렇게
착하게 사느냐고 그래 봐야 너만 힘들고 너만 다친다는 것을
왜 모르느냐고 하면서 착하게 살지 말라고 한다.
꼭 그렇게 살아야 할까 하는 의아심,
꼭 그렇게 남들과 똑같이 나쁜 사람이 되어야만
잘 사는 것일까.

난 그런 사람보다 사람 냄새 폴폴 풍기는
인간적인 사람이 좋다.

울어야 할 때 그냥 엉엉 우는 사람
웃어야 할 때 아이같이 웃는 사람
아플 때는 아프다고 어리광부리는 사람
모르면 모른다고 창피해 하지 않고 질문하는 사람

누군가의 눈치를 보는 것도 마음이 약하거나 본인 스스로 내
세울 것이 없다고 느껴질 때 눈치를 보는 사람도 있고 어디선
가 상처를 받아 눈치를 보는 사람도 더러는 있다.
다 같은 사람이 될 수 없고 내 마음과 같지 않은 사람이 더 많
듯이 서로 다른 인성을 인정해 주면 적어도 누군가 에게는 지
적하면서 사람 냄새 나지 않는 유리관 속의 감정 없는 인형처
럼은 만들지 말았으면 좋겠다.
착하게 산다 한들 그 사람도 나름대로 살아가는 법칙이 있고
자신의 잣대에 올려 오히려 지적하는 사람을 속으로 비웃으며
무시할 수도 있다는 것을 모른다.

당신은 평생을 그렇게 살아서 네 주위엔 나 같이 마음이 따스
한 친구는 없을 거야 그리고 언젠가 너보다 더한 사람에게서
넌 더 큰 상처를 받을 거야 그때 가서 나 같은 사람이 얼마나
인간미가 넘치는지 때 늦은 후회할 거야. 이건 순전히 내 속마
음이기도 하다.

나는,

상대가 부와 명예를 다 가졌더라도 인간미가 없어 사람 냄새
나지 않는다면 그 사람이 가지고 있는 어떤 것도 부럽지 않다.

사람은
사람에게서

○
○
○

사람이 정말 싫을 때가 있다.

하지만 사람으로 인해서 치유될 때도 있다는 것을 언젠가부터 알게 된 것 같다.

왜 그런 말 있는 것처럼 걸어가는 뒤꿈치만 보아도 싫다고 하는 말, 누구라도 그런 기분 한 번씩 느끼지 않을까?

우리는 감정에 의해서 기분이 상하기도 하고 기분이 좋아지기도 하는 것처럼 누군가 정말 미울 때는 아무리 노력을 해도 그 사람이 밉게만 보인다. 그럴 땐 무관심하게 되면서 아무런 대꾸도 아무런 반응도 하지 않게 되면서 나 스스로 해답을 찾을 때가 있다.

누군가 연락을 취해와도 어느 길에선가 누군가를 만나도 반갑지 않은데 길에서 우연히 만나게 되어 피하고 싶은데 어쩔 수 없이 인사를 해야 하는 경우엔 가식으로 인사를 하고 혼자 말한다. 그냥 지나가 주거나 인사만 하고 빨리 가주기를 바랄 때가 있어요. 그럼에도 불구하고 눈치 없이 계속 말을 섞으며 차 한잔 하자고 하는 사람이 더러는 있다. 물론 그럴 때는 바쁘다는 핑계로 도망치듯 빠져나오기도 할 때가 있다. 그런데 사람을 미워했던 감정이 내가 전혀 알지도 못하는 사람들의 모습을 보면서 스스로 녹아내릴 때가 있다.

생면부지의 사람에게서 마음이 편안해지는 모습을 본 것이다. 일 테면 그 사람의 표정이 너무 편안해 보였거나 그 사람의 얼굴에서 따스한 미소를 보면서 무언지 모를 위로를 받은 듯 편치 않았던 마음이 사르르 녹아내릴 때가 있다.

사랑의 아픈 상처는 사랑으로 치유한다는 말처럼 사람이 싫어서 피하고 싶었던 사람들은 또 다른 사람에게서 치유되는 것인가? 것도 아니면 죽이고 싶을 정도로 미운 것이 아니라서 그럴 수도 있겠지.

어느 날 우연히 알게 된 것이 있다.

어느 공원의 벤치에 앉아 지나가는 사람들과 몇몇 가족들의 모습을 보면서 저 모습이 내 모습인 것 같다는 생각이 들게 하기도 하고 오히려 그 사람이 안쓰럽게 보여서 내 얼굴을 내 마음으로 읽게 되면서 표정을 고치게 되고 그리곤 미워했던 마음이 조금이나마 눈 녹듯이 다는 아니지만, 살짝 사그라질 때도 있다. 그래서 사람은 사람을 만나야 하고, 많은 사람이 모인 곳에서 지나가는 사람들의 표정이나 행동을 지켜보는 것도 괜찮은 방법인 것 같다.

사람이 사람을
믿고 산다는 건

○
○
○

같은 하늘 아래 살면서 피부가 다른 백인종, 황인종, 흑인종으로 살고 있고 언어가 달라서 통하지 않지만 그래도 우리가 살아가는 것은 동, 서양으로 나뉘어 각기 다른 성향과 성품으로 살고 있지만 바라보고 사는 것은 거의 비슷한 상황이 아닐까.

어느 곳에서 살아도 나와 인연이 닿은 사람과 좋은 이웃, 좋은 친구로 살고 싶은 건 비단 나 혼자만의 생각은 아닐 것이다.

사람이 사람을 못 믿으면 누구를 믿고 살 거냐는 말을 종종 하는데 혹 가다가 한 번씩 배신을 당하면서 가슴앓이를 하게 되면 이 상황을 품고 갈 것인지 인연을 끊을 것인지를….

하물며 가족 간에도 서로 믿지를 못해 확인하고 재차 확인하거나 다녀온 근거 자료를 요구하는 사람이 정작 본인은 근거 자료를 전혀 남겨 놓지 않고서 상대방만 괴롭히며 의심하는 사람은 왜 그렇게까지 하면서 살아야 할까.

내가 상대를 믿고 의지하면서 산다면 상대도 자연적으로 그렇게 따라 주는 것이 인지상정이 아닌가 싶고 내가 상대를 믿지

153

못하면서 일방적으로 본인만 믿으라 한다면 거기서부터 문제의 발단이 시작되어 불신으로 남아 서로를 믿지 못하는 것은 당연한 것이 아닌가.

어느 분께서 그러신다. 누구를 믿어야 할지도 누구를 의지해야 할지도 모르겠다는 말을 할 정도라면 얼마나 많은 배신과 아픔이 있었으면 그런 하소연을 하시나 싶다.

사랑은 해 본 사람만이 진정한 사랑을 할 줄 알고, 사랑으로 아픔이 있으면 사랑으로 치유한다는 말이 있고, 아픔도 아파 본 사람만이 타인의 아픔을 달래 줄줄 알고, 어려움도 겪어 본 사람만이 그 힘듦의 노고도 안다고 한다.

사람이 사람을 믿고 산다는 것이 어느 기준치가 있는 것일까!

본인이 겪었던 경험들로 상대를 불신하면서 믿지 못하는 것이라면 누구도 풀어 줄 수 없는 숙제가 아닐까,

그건 나 스스로 해답을 찾고 내가 누군가를 믿지 못한다면 상대도 나를 믿지 않기 때문에 매사에 불평불만이 생겨, 좋은 이웃과 좋은 친구가 오래 머물지 못한다는 것이 얼마나 서글프고 외로운 삶일까.

가장 가까운 사람, 가장 아끼고 싶은 사람부터 돌아보고, 그리고 그 사람의 존재를 다시 한 번 생각해 본다면 내가 어떤 위치에서 그 사람을 바라보고 있는지 알 수 있지 않을까!

사랑 뒤엔

늘

○
○
○

만남이 있으면 헤어짐이 있듯이 사랑 뒤엔 가슴을 도려내는 듯한 이별이 예고 없이 찾아오기도 해서 상처가 더 깊어지는 것이 아닌가 싶다.

상처로 인해서 다시는 사랑하고 싶지 않다고 말해도 어느 순간엔가 그리움이 짓게 깔린 사랑을 자신도 모르게 가슴 한 켠에서 작은 씨앗을 만들어가고 있을 때가 있다.

사랑하고 있는 사람들과 사랑 안 하겠다고 하는 사람들의 얼굴을 보면 혈색이 다르고 어감부터가 다르기도 하고 보는 사람조차도 느낌으로 알 수 있듯이

마음이라는 것이 그런가 보다.

아프도록 시린 사랑을 해 본 사람은 사랑으로 아픈 가슴을 치유한다는 말 틀린 말은 아닌가 보다. 또한, 어느 순간엔가 다가오는 낯선 사람에게서 다 지우지 못한 지나간 흔적으로 그 사람의 내음을 맡고는 갈등을 겪기도 하고 아파하기도 한다.

그렇게 다가오는 사랑이 연민이나 동정이 아닌 치유할 수 있는

사랑이라면 마음을 열어 보일 수 있으면 좋겠고 젊은 청춘들이 밀당하듯 저울질하는 사랑이 아니었으면 좋겠다.

나이가 들수록 추구하는 사랑은 마주 보면 편안하고 함께 있다는 것만으로도 의지가 되고 위로가 되는 사람이기를 바라는 건 욕심일까.

남자와 여자는 중년의 나이가 되면서 서로 원하는 사랑이 다른 것일까!

육체적인 사랑보다는 이제는 정신적인 지주가 되면서 서로 등을 내주며 편안하게 쉬어갈 수 있는 사랑을 원하는 것이 중년의 사랑이 아닐까 그럼에도 불구하고 사랑 뒤엔 늘 갈등과 아픔 그리고 외로움이 따르는 것이 아닌가 싶다.

사람이니까!
살면서 좋은 감정만 있는 것이 아니니까!

사랑과 미움이
교차하는 애증

○
○
○

아픈 사랑을 해본 사람은
예쁜 사랑으로 치유되기를 원하고

예쁜 사랑을 했던 사람은
또다시 그만큼의
예쁜 사랑을 하지 못할 것으로 생각한다.

사랑하는데 사랑할 수 없고
보고 싶을 때 볼 수 없다면
아픈 만큼, 미워하는 만큼의 빈 가슴은

통증과 아픔으로 까맣게
멍이 든 가슴에 이루지 못할 사랑으로
또다시 생채기를 내는 애증愛憎은 누구나
두려워하고 하고 싶어 하지 않는다.

사랑이라는 것을
얼마나 뜨겁고 열렬한 사랑을 해보았을까.
내가 가지고 있는 모든 것을 다 주어도
아깝지 않을 사랑을 했었다고 말할 수 있을까.

미움이 있어야 사랑도 있고
사랑이 있으면 미움도 있다고 한다.
그렇다면 사랑과 미움이 다 공존해야만
진실 되고 진정한 사랑을 아는 것이
맞는 말이 아닌가 하는 생각이 든다.

끝 간데없이 이어지는 사랑
그것을
사랑과 미움이 교차하는 애증으로
남기지 않는 것이 그렇게 어려운 것일까.

사랑은 진열장 속의 진열품으로

○
○
○

요즘 공공연하게 떠도는 말이 심심찮게 귀에 들어온다.
"쇼윈도우 부부"

한집에 살면서 보여주기 위한 겉포장만 윤기가 좔좔 흐르는 부
부, 의외로 참 많은 가정의 부부들이 이렇게 산다고 한다. 의
무감일까 아니면 사회적으로 각자의 명예 때문일까 아니면 낳
아 놓은 자식들 미래 때문일까.

사람으로서 그렇게까지 하면서 한집서 부부도 아닌 관계로 꼭
살아야 할까 싶다.

명예가 뭐라고, 돈이 뭐라고 사람으로서의 신의를 다 벗어버리
고 웃음도 없고 정도 없고 사랑도 없으면서 굳이 그렇게 살아
야 할 필요가 있을까. 얼마나 오래도록 목숨 부지하면서 살 수
있다고 그 아까운 시간을 허비하면서 살아야 하는지,
사랑 없이 사는 것이라면 오히려 서로 각자의 삶을 찾아가야

하는 거 아닐까 사랑하며 살아가도 머리가 하얗게 변하고 허리가 휘면 못다 한 사랑이 아쉽고 아프다고 하는데 명예가 뭐라고 사랑도 없이 살아야 할까.

의무감에 한집서 사는 사람들, 의무감에 부부 생활을 한다는 사람들, 의무감에 가정을 돌본다는 사람들 정작 그 사람들의 속사정은 따로 있지만, 말은 안 한다. 자존심에 그 자존심 무너지는 것조차 스스로 허용하는 것 자체가 싫으니까.

한 공간에서 숨 쉬며 살아가는 그 시간이 숨이 막히고 답답할 텐데 그런 것들을 다 감수하고 감내하면서까지 사는 사람들의 그 속내는 마음을 비운 것일까 그래서 아무렇지 않은 듯이 사는 것일까.

어른들께서 하시는 말씀이 나이가 들면 안쓰러우므로 살아진다고 하는데 시대가 변하고 세상이 변하니까 의식구조 자체가 변하는 우리들의 일부분으로 그것조차도 접목되려는 현실 앞에 놓인 슬픈 현실, 사랑을 사람들은 진열장 속의 진열품으로 만들어 버린 것이 아닐까.
각자의 방에서 다만 방이 전면 윈도우가 아닌 들여다볼 수 없는 전시용 진열장 같은 방에서 살고 싶을까.

사랑하는
아들아

○
○
○

어느새 훌쩍 커서 어른이 되어버린 듯 든든한 아들아.

눈물이 많아 늘 걱정을 하게 했던 어린아이 같았던 네가 어른
이 되어가는구나. 말 한 마디 한 마디 던지는 너의 생각들이
참 많이도 변해있는 것을 보면서 참 대견하고 믿음직스럽더라.
무뚝뚝한 네가 사랑한다는 표현을 하면서 오히려 어미를 안쓰
럽게 바라보는 아들이 되었더구나. 마음이 너무 여려서 세상
에 내보내야 하는 너를 걱정했었는데 오히려 네가 어미를 걱정
하더구나.

어느새 넌 이렇게 어른이 되어가는구나 이 어미의 곁에서 떠
날 준비를 하는 것처럼 세상을 배우고 있더구나.
힘들다는 거 알고 있었는데 너는 어미 걱정할까 봐 아무런 하
소연도 할 수 없었다는 너의 그 말 한마디에 가슴이 미어지더
구나.

이제는 포기하는 것도 배워야겠다는 너의 말 아무리 해도 안
되는 건 나도 어쩔 수 없다면서 차라리 포기하는 것이 나와 상
대를 위해서 좋겠다는 그 말이 가슴이 아프더구나.

얼마나 힘들게 했으면 그랬을까 싶더구나.

사고 없이 잘 참아준 네가 든든했지만 그래도 아무 소리 할 수
가 없었다. 네가 마음이 약해질까 봐 네게 해줄 수 있었던 말
은 그 말밖에 없었다. 넌 생각이 깊어서 무엇이든 이겨내고 지
혜롭게 대처하리란 말밖에는 없더구나.

그래~ 그렇게 어른이 되어가는 것이고 세상을 배워가는 것이
고 너를 다스릴 수 있는 지혜가 생기는 것이란다.

아들아, 고맙고 고맙다.
언제나 든든한 네가 있어서 참 좋구나.
사랑한다. 내 아들아 사랑한다~~~

　　　　　첫 휴가 나왔다가 들어가는 아들을 보면서….

사랑한다는
것은

○
○
○

조건 없는 사랑이 어디 있을까?

우리는 쉽게 말을 한다. 사랑은 받는 것이 아니고 주는 것이라고 하지만 나 자신에게도 되물어본다.

넌 어떤 사랑을 하고 싶은지 아니 어떤 사랑을 했느냐고 질문해보면 쉽게 대답하지 못한다. 왜냐하면, 말은 조건 없는 사랑을 했다고 말했지만 돌이켜보면 나만 바라보라 하고, 나만 사랑하라 하고, 나만 생각하라 했으니까.

흔히 장사꾼들이 잇속 없는 장사하는 사람이 어디 있느냐는 말을 종종 듣는다.

어디 그뿐인가,

내 집에서도 더 많이 주었느니 덜 주었느니 말하는데 무작정 어떤 것이든 주기만 한 것은 없을 것 같다.

나 역시도 내 새끼들한테 표현은 안 하지만 이만큼 해주었는데 이만큼 키워났는데 이만큼 사랑해주었는데 하면서 지들이 생각이 있고 양심이 있으면 돼. '바리 지게 키우지는 않았으니까.'라고 말을 하기도 한다. 여기까지만 생각하면 나 역시 우리 아이들을 힘들게 할 거란 생각이 들었던 계기가 있었다.

친정엄마를 보면서 나 자신을 바라보게 되었던 일화가 있었다. 언젠가 엄마가 하신 말씀 중에 '나보다 훨씬 더 큰 너를 등에 업고 병원에 다니는데 한 번도 미안해 라든가, 고맙다는 말을 안 하더라.'는 이야기를 하신 적이 있었다. 초등학교 다닐 때 유난히 키가 빨리 자라서 성장 통을(그 당시는 그것이 성장 통인지 몰랐다.) 굉장히 심하게 앓아서 엄마보다 더 큰 나를 업고 힘들었을 텐데도 한 번도 힘들다는 이야기를 안 하시고는 아픈 막내가 안쓰러워 당신 힘든 건 참고 그 먼 거리를 업고 다니셨던 어린 시절의 일이다.

그것이 조건 없는 부모님의 사랑이었지만 우리가 말하는 조건 없는 사랑은 역시 내리사랑이고 나이 먹어가고 철이 들어가면서 부모님께 요구하는 것보다는 더 챙겨드리려 노력은 했지만, 그 또한 자식한테 가는 것만큼의 절반도 못했다는 생각이 든다. 다시 생각해보면 아무 이유 없이 아무 조건 없이 다시 사랑하라 하면 할 수 있을까.

아무것도 원하지 않아요.

그저 당신만 내 곁에 있어 준다면 그것으로 충분해요 라고 자

신 있게 말할 수 있을까,

그러기엔 세상을 너무 많이 알아버린 것이 아닐까,

그렇게 살 수 있다면 그건 아마도 아픔이 있었기 때문에 삶을
초월한 경험에서 나온 것이 아닐까.

사랑한다는 것은!

무조건적인 사랑, 헌신적인 사랑을 할 수는 없다.

하지만 예쁜 사랑은 하고 싶다.

그것이 내 솔직함이다.

산다는 것은

○
○
○

꽃눈이 날릴 때쯤 되면 마음속에 있는 열정도 조금씩 꽃눈이
날리는 것처럼 날아가 버리는 것이 아닌가 하는 생각이 든다.
작년과 다르게 무언가 마음이 비워지는 것이 아닌가 하는 조
바심이 생기는 건 흘러가는 시간을 잡을 수 없기 때문이겠지.
삶이라는 것이 거저 얻어지는 것이 없는 것처럼 나이라는 테두
리에는 수많은 우여곡절의 굴곡들이 쌓이면서 내면의 내가 성
숙해지는 것이 아닌가 했던 것들이 작년과는 다르게 올해는
미묘한 감정들이 생기기도 한다.

무엇이라 할까.

가슴이 헛헛하다고 해야 할까 나의 작은 뜰 안에 목련 꽃과 벚
꽃 잎이 날리는 모습이 작년과 올해, 떨어지는 꽃잎이 분명하
게 차이가 있기도 하고 무어라 표현하기 어려운 쓸쓸함 같은
그런 기분.

계절마다 다른 감성,

계절마다 다른 허전함.

어떤 것도 비유할 수 없는 시간 속에 변화는 생각이라는 이념
理念을 나 혼자 느끼는 것은 아니겠지만 지나간 시간 동안의 일
들을 후회하고 싶지는 않다.

잘못된 선택이었든 아니었든 그러므로 인해서 내가 누릴 수 있
는 것들을 누리고 사는 것이니까.

꽃처럼 예쁘게 살고 싶다고 말하는 나,

그 어떤 것에도 굴복하지 않겠다고 말하던 나,

잘못된 판단에는 어떤 유혹이 들어와도

흔들림 없이 살겠다고 했던 나.

그럼에도 불구하고 꽃처럼 예쁘게 살게 놔두질 않는 현실과
굴복하지 않겠다고 했던 말은 시간이 흐를수록 좋은 것이 좋
은 거니까 더 큰 일들도 많은데 나만 넘어가면 다 좋으니까. 하
게 되고, 잘못된 판단 또한 살짝 흔들리다가 다시 제자리 돌아
와 마음과 정신을 가다듬기도 한다. 그러면서 하는 말이 그러
니까 사람이지라고 스스로 위안을 할 때도 있다.

산다는 것은 내 의지대로 될 수 있는 것만은 아닌가 보다.

삶이라는
시간 속에서

○
○
○

삶은 누구나 굴곡이 있기에
행복, 사랑, 아픔,
슬픔으로 교감을 나누는 것이 아닌가 싶습니다.

나로 인하여 누군가 행복하다면
나로 인하여 누군가 아팠다면
나로 인하여 누군가 한 번쯤 더 생각한다면
또한, 내가 누군가로부터 느낀다면
그것만으로도
여러분과 함께하는 삶을
살아가는 것이 아닐까 하는 생각을 해봅니다.

어느 날은 기쁨으로
어느 날은 행복으로
어느 날은 슬픔으로
어느 날은 아픔으로 담아내는 글들이

내 마음에서 동요되어
나와 함께 하는 시간 속에서 같이 공감하며
고개를 끄덕여 주는 것만으로도 감사함을 느낍니다.

문득문득 찾아드는 외로움
스멀스멀 올라오는 헛헛함
그건 나 스스로 가상에서 만들어내는
것들일지도 모른다는 생각이 들 때도 있습니다.

사람은 누구나 감성을 지니고 있지만
그것을 끄집어내는 것 또한
누가 해 줄 수 없는 내 몫이 듯이
같은 시간대에서 살아가는 우리
누군가는 힘들고 지칠 때
말없이 조용히 어깨를 내어줄 수 있는
따뜻한 우리였으면 좋겠습니다.

삶이라는 시간 속에서
나와 함께 공유하는 사람들과
차가움이 아닌 따뜻함이 머무는 다락방을
만들고 싶어 하는 나의 작은 소망이기도 합니다.

생선 대가리가
맛있다고 하셨던 엄마

엄마의 마음을 그렇게 몰랐을까.

밥상에 올라오는 각종 생선 요리들의 생선 대가리는 당연히 엄마 몫이었다.

입에 넣으시고는 쪽쪽 소리가 나도록 빨아서 살점과 양념을 흡수하고는 뱉어나는 엄마의 모습이었다. 비릿한 생선을 좋아하지 않아 기억으로는 생선을 먹은 횟수가 손가락으로 꼽으라 하면 꼽을 정도였으니까 엄마의 그런 모습을 보면서 이해할 수 없는 모습이기도 했다.

생선을 먹기 시작한 지는 몇 년 되지 않았는데 것도 찜이나 구이 정도만 그런 내가 회를 먹고 생선 종류를 먹기 시작하면서도 대가리는 늘 한쪽으로 밀어 놓았었다.

그런데,

정말 우습게도 코다리를 사와 양념을 하고 찜을 해먹는데 대가리를 전부 다 집어와 엄마가 드시던 그 모습으로 내가 먹고 있는 내 모습을 보면서 혼자 구시렁구시렁하면서, 우리 엄마는

이 맛없는 대가리가 뭐가 그렇게 맛있다고 맛있게 드셨을까 싶
고 엄마도 지금 내 마음과 똑같은 마음이었을 것이다.

자식들 입에 더 넣어주려고 엄마는 생선 대가리만 드시면서 조
금이나마 붙어 있는 살점을 발라서 드시려고 했다. 나와는 다
르게 엄마는 생선을 참 좋아하셨는데 당신도 얼마나 드시고
싶었을까 남편과 자식이 뭐라고…….

생선 대가리를 엄마는 맛있어서 드신 것이 아니라는 것을 나
는 오늘에서야 먹어보면서 느끼고 있다. 엄마 살아 계셨을 때
알았더라면 나는 어떻게 했을까 그래도 엄마는 생선 대가리가
맛있다고 하시면서 드셨을 것이다.

그것이 엄마니까……

서로 공존하며
사는 사람

○
○
○

172

높은 곳을 바라보며 사는 것도 아니고 많은 재산을 얻기 위해 버둥거리는 것도 아니고 다만 나락으로 떨어져 살아갈 단 1%의 희망이 없으면 모를까 내게 필요한 건 마음을 주고받을 수 있는 가족과 친구 그리고 지인들, 내가 가장 소중하게 여기는 것 중에 하나가 인연이다.

내 마음을 읽어주는 사람, 나를 이해해 주는 사람, 물론 서로 공존하는 것이 당연하다.
상대가 아무리 재력을 갖춘 사람이라도 본인 주장만 강요하거나 다른 사람을 인정하지 않는 사람이라면 나 역시 그런 사람과 교류를 원하지 않는다. 그 사람은 상대를 배려하지 않는 오만과 불순으로 상대를 제압하는 경우도 종종 있다.

일류 대학의 우수한 성적으로 졸업하였든 초등학교도 들어가기 힘들어 어렵게 한글을 깨우치는 사람이든 내겐 중요한 건 그 사람의 됨됨이지 재력이 아니다. 상대가 아무리 재력가라

하더라도 그 사람이 살아가는 방법이 비열하거나 상대를 우습게 본다면 어떠한 것이든 엮이고 싶지 않다.

사람 위에 사람 없고 사람 밑에 사람 없다는 말 100% 공감하니까.

누군가와 우연히 나누게 된 대화에서 살짝 기분이 상한 오늘, 그 사람이 얼만큼의 유능한 재능이 있고 얼만큼의 재력을 갖추었는지는 모르지만, 은연중에 비치는 말 중에 자꾸만 거슬리는 단어들, 물론 나 들으라고 한 소리는 아니지만 그래도 내가 조금이나마 안다고 했던 사람이어서 그랬는지 역시 사람은 겉과 속이 다르다는 것을 시간이 지나면서 겪어봐야 알 수 있다는 씁쓸한 뒤끝이 유쾌하지 않다.

어떠한 경우이든 서로가 도와주고, 서로에게 도움이 되는 사람이라면 얼마나 좋을까.

섣불리 판단하는 상대에 대한 편견

사람들은 어떤 기준에서 까칠하다고 말하는 것일까 내 의지와는 상관없이 내가 말하는 의도와는 상관없이 듣는 사람에 따라서 다르게 느껴져 겪어 보지도 않고 거리감을 둔다.

나와 색깔이 다르다고 지레짐작으로 선입견부터 품고 내가 무슨 말을 해도 대꾸도 않는 사람들을 볼 때마다 답답한 마음과 안타까운 마음이 드는 건 사실이다.

겪어 보지 않고 첫인상으로 상대를 가늠하여 가까이하기엔 너무 먼 당신처럼 한다는 것을 느끼면서도 아무 말을 할 수가 없다.

나는 나의 모습을 그대로 보여 준다고 생각했기 때문에 어떠한 변명을 늘어놓고 싶지 않은 이유이기도 하다. 그렇다고 성격이 모나지는 않은 것 같은데 어떤 모습으로 보여서 적정한 선을 유지하는 것일까 내가 있어야 할 자리가 아닌 것 같은 언짢은 마음이 들기도 한다.

사람마다 가지고 있는 성향, 성격, 어떤 사람은 술을 좋아하고, 어떤 사람은 운동을 좋아하고, 어떤 사람은 산을 좋아하고, 어떤 사람은 말하기를 좋아하고, 어떤 사람은 듣는 것을 좋아하고, 어떤 사람은 음악 듣는 것을 좋아하고, 어떤 사람은 그림 그리기를 좋아하고, 어떤 사람은 글쓰기를 좋아하는 것처럼 다 다른 성향으로 살고 있지만 다 같은 마음과 생각으로 살아가는 사람들끼리는 만나지는 않는다. 서로 다른 취향을 가지고 있다 해도 서로가 인정해 주고 이해해 주기 때문이 아닐까.

그럼에도 불구하고 어떤 시선으로 어떤 마음으로 바라보는지조차도 느낌이 오지 않는데 마치 내 깊은 속내까지 알고 있는 것처럼 까칠하다거나 거리감을 둔다는 느낌이 들 때가 있다. 이럴 때 어떻게 해야 하는지 참 난감하기도 하고 답답하기도 하여 보여 줄 수만 있다면 내 생각과 마음이라는 것을 다 꺼내어 보여 주고 싶을 때가 있다.

섣불리 판단하는 상대에 대한 편견, 사람들은 왜 겪어보지 않고 상대에게 크지도 작지도 않은 상처를 주는 것일까⋯⋯.

소중하지 않은 것이 없는 하루

누구나 갈망하는 희망과 사랑은 있다.

오늘 하루가 평안하고 행복하기를 바라는 기도로 나 자신부터 다독이는 아침을 열어본다.

나 자신을 아끼지 않고 사랑하지 않으면서 남을 아끼고 은혜한다는 것은 나와 또 다른 내가 마치 불협화음을 일으키는 것이 아닌가는 생각이 든다.

자기 만족하는 사람들이 얼마나 있을까.

자기가 하고 싶은 것을 하면서 사는 사람들이 얼마나 많을까.

갈등과 번뇌 그리고 미움들이 가슴 속을 헤집고 지나갈 때마다 그건 상대를 상처 내는 것보다 내 마음에 더 생채기를 내며 아파하는 시간이 많을수록 나 자신은 초라해지고 쓸쓸함이 남는다는 것을 깨달으면서 나를 먼저 아끼고 사랑하자는 마음을 갖게 되었지만 그럼에도 불구하고 삶은 내가 가고자 하는 곳으로 가지 않는다.

한 번씩 마음이, 내 인생에 질문해본다.

행복하니?

열정이 넘치는 마음은 변함이 없는 거니?

너 자신을 아끼지 않으면

누구도 너를 아껴주지 않는다는 것도 알고 있지?

가끔 지나간 사진을 꺼내보고 만들어 놓은 동영상들을 꺼내보면서 다시금 내가 있어야 할 곳, 내가 사랑할 사람들, 내가 아껴야 할 사람들, 함께 가야 할 사람들을 보게 된다.

그렇게 보고 나면 소중하지 않은 것이 없는 하루라는 시간을 만들고 채워나가면서 오늘 내게 선물 같은 웃음을 주고 오늘 내게 함께 나눌 수 있는 기쁨을 주고 오늘 내게 아픔을 이야기하는 사람이 있다는 것만으로도 감사한 하루를 보내야겠다.

솟대와 닮은
삶의 일부분

하루가 되었든 며칠이 되었든 여행을 훌쩍 떠났을 때 간혹 한 번씩 만나게 되는 솟대들을 보면 아주 가끔은 가슴이 뭉클할 때가 있다.

전에 친구와 다녀왔던 대부도 유리 섬에서 보았던 솟대, 저녁 노을이 어스름하게 올라와 황금빛을 내는 아름다움에 비췄던 5개의 솟대에서 외로움과 쓸쓸함을 느끼고 잠깐 아주 잠깐 제 모습을 보기도 했었다.

수없이 불었을 바람과 태풍, 하얀 눈 그리고 억수같이 쏟아지는 장마철까지 견디며 그 자리에 묵묵히 지키고 사람들을 기다리기 위해 서 있었을 솟대의 외로움을 잠깐 느꼈던 건 아마도 그 시간엔 제 마음이 그랬었기 때문이겠지.

그러고 보면 어느 것 하나 놓치고 싶지 않은 시선과 마음으로 바라보며 그 상황에 느끼는 감성들은 어쩌면 내 삶의 일부분 아니 우리 모두의 일부분이 아닌가 하는 생각이 들기도 하고 사람도 그러지 않을까.

이 넓은 세상에 아무도 없이 혼자 덩그러니 남아 무서움을 느끼기도 하고 외로움을 느끼기도 하고 사람을 그리워하기도 한 것처럼 그래서 내가 느끼는 감성 그대로 솟대도 느끼고 있지 않을까…….

수렁 속으로 빠져드는 우울증

○
○
○

사람은 누구나 우울증을 가지고 있다. 물론 나도 우울증을 조금 가지고 있다는 것을 느낄 때가 있어서 그럴 때면 부러 일거리를 찾거나 외출을 해서 스스로 극복하는 방법을 터득하게 되었다.

요즘 한 친구로 인해 자주 전화를 받는다. 힘들다면서 너무 힘들다면서 정신병원에 입원할 거라 하면서 폰으로 들려오는 목소리로만 판단하며 방법을 제시해 주는데 저 스스로 답답해서 통화하다가도 화가 나는데 그럴 수는 없으니까 차근차근 이야기하며 우선은 입원하기 전에 내가 시키는 대로 해보라고 권유를 했지만, 친구가 이행할지는 의문이 들기도 한다.
친구는 과거에 얽매어 벗어나질 못하고 스스로 과거에 집착한 것이 아닌가 싶고 어디서부터 서두를 잡아서 어떤 말로 이 친구를 과거에서 벗어나게 해줄지 요즘 저의 고민이다.
가장 좋아하고 가장 잘할 수 있는 것이 무엇이냐고 물었더니 종이접기를 좋아한다고 해서 사는 곳 문화센터에 가서 바로 접수하고 그곳에서 시간을 보내며 종이로 할 수 있는 모든 것을 다 만들다 보면 과거에 얽매인 시간보다 현재 하는 재미난 일에 더 치중하다 보면 욕심이 생겨서 또 다른 것에 도전하는 의욕이 생길 것이고 종이접기로 어느 정도 마스터하면 전시회 같은 것도 해보면 자신감을 회복하거나 삶의 질이 달라질 수도 있으니까 적극적으로 추천은 했지만 사실, 이 또한 말이 쉽다는 것을 잘 안다.

한동안 내가 그런 경험이 있었으니까. 이 우울증이라는 것이 어느 날 조용히 숨죽이며 자신도 모르게 찾아오지만 극복하는 것이 쉬운 것이 아니어서 스스로 방법론을 찾지 않으면 병원에 입원한다거나 처방해 주는 약에 의해서 생각보다 긴 시간의 우울증과 지치고 힘든 시간을 보내야 한다는 것을 가까운 곳에서도 봤기 때문에 이 친구가 걱정이다.

우울증! 누구나 가지고 있는 우울증, 나를 아끼고 나를 사랑하지 않으면 절대로 헤어나지를 못한다고 한다. 지금이라도 자신을 들여다보며 나 참 잘살고 있고, 나 참 멋지게 살고 있다고 스스로 주문을 걸어야 한다.

나 자신을 아끼고 행복하기 위한 삶을 꾸려나간다면 우울증 그거 아무것도 아니지 않을까.

시들지 않는 꽃이
어디 있겠어

꽃으로 피는 꽃은
어떤 꽃도 다 꽃으로 불리듯이

우리도 미소가 아름다운 사람
웃는 얼굴이 늘 한결같은 사람
그런 미소의 얼굴을 가진 사람보다
예쁜 꽃은 없는 것 같아.

싫증 나지 않는 미소로
자신의 생명을 다해 꽃이 질 때
꽃잎에 주름이 지고 시들어 가는 모습

천진스러운 미소로 피어
시시각각 변하는 표정으로 살아온
우리들의 미소에서 우리는 그 사람의
삶을 느낌으로 느끼곤 하는 것 같아.

미소 속에 새겨진 주름도 자세히
들여다보면 우리가 살아온 세월의 흔적
그것 또한 아름답고 멋있는
삶의 흔적이 아닐까.

꽃이 그렇게 시선을 한 몸으로
받고 살다 주름지면서 가듯이 나도
그렇게 깊게 파인 주름이 사람들의
기억 속에 잔잔한 웃음으로
온화한 미소로 기억되고 싶다.

아내와
엄마의 차이

아내와 엄마의 차이는 어떤 것이 있을까!
한 남자의 아내로서 아이의 엄마로서는 분명 차이는 있는데 순
서를 따지고 들어가자면 당연히 남편이 먼저이겠지. 그렇지만
생각은 그렇게 하고 있으면서도 행동과 마음은 그렇지가 않다.

아들이 방학했는데 마땅히 아르바이트 자리를 구하지 못하고
용돈을 타 쓰면서 제 눈치를 보면서 필요한 돈이 있으면 크게
도 말을 못하고 작은 소리로 엄마 1, 2만 원만, 3만 원만 하는
것이 안쓰러워서 현장에 직원들 따라 2박 3일 동안 현장으로
일을 보냈었다.
첫날 저녁에 전화를 걸어 일은 어떻더냐, 밥은 먹었니, 잠은 잘
잤니 하는 궁금증을 물어보고 싶었는데 꾹~ 참았지요. 이제
어린애가 아니니 전에 다짐했던 것처럼 조금씩 손에서 놓아야
겠다. 아이가 점점 밖에서 보내는 시간이 많아지면서 오는 허
전함을 덜 느끼기 위해, 내려놓자, 궁금해하지 말자. 어느 정
도의 선에서만 물어보자 했었기 때문에 첫날은 그렇게 지나갔

는데 둘째 날 아들이 전화를 걸었다. 저녁 시간에,

"엄마, 나 어제 잤었던 모텔에 폼클렌징 하고 칫솔 놔두고 왔어요."

"그럼 저녁에 어떻게 하려고?"

"모텔에 있는 칫솔 쓰면 되는데 폼클렌징은 사야 할 거 같아요."

"그래? 그럼 동생 밖에 있으니까 동생한테 전화해~"

"네~ 알았어요. 엄마"

"그래 잘 자라~"

그 이상은 질문을 하지 않았지요. 아들의 피부가 저를 닮아서 굉장히 민감해서 물갈이하면 얼굴에 뭐가 많이 난다고 그래서 폼클렌징도 아들이 쓰는 것만 쓰는데 그것을 사 달라고 한다. 그런데 오늘 아들이 현장 일을 마치고 집에 들어오는데 엉거주춤 들어오더니,

"엄마 엉덩이에 땀띠 나서 쓰라려 죽겠어!

"그래? 어디 봐봐"

울 아들 바지를 훌렁 내리더니 엉덩이를 디미는 거예요. 23살 머시마가 엄마라고 창피함도 없이 그러는 아이를 보면서 혼자 웃었지요. "야~ 이놈아" 이러면서요. 샤워하러 들어간 사이 남편이 저놈 직원들하고 들어올 때는 아무렇지 않게 들어와서는 직원들 퇴근 시키고 나니까 다리를 벌리며 엉거주춤 걷는다

고 하면서 "자식이 엄살은~" 이러더라고요. 샤워하고 나와서는 선풍기 앞에서 엉덩이를 쳐들고는 씻고 나왔더니 괜찮아졌다고 하면서 밥 달라 해서 밥을 먹이는데 아이를 바라보면서 얼마나 쓰라렸을까 싶은 마음에 안쓰럽고 짠하다.

몇 년 전 남편이 저녁에 들어와서는 땀띠가 나서 쓰라리다고 했을 때 그냥 땀띠 분만 건네주고는 많이 쓰라리겠다고 하고는 2~3일만 운동가지 말라며 운동하면 또 땀 차니까 쉬라고 했더니 그래도 가는 모습을 보고는 그 이후로 더 안 물어봤다. 말을 해도 안 듣고 내 엉덩이 아니니까 당신 알아서 하라고 그러고는 잊어버렸는데, 아들은 다른가 보다. 어디 보자고 확인하고 약을 찾으면서도 마음이 아픈 이것이 어미 마음이다.

나만 그러는 걸까.
아내라는 마음과 엄마라는 마음이 이렇게 다를까.

아들
방에서

○
○
○

맘먹고 대청소를 하다가 표현할 수 없는 감정에 가슴은 뭉클
하기만 하다.
어제는 없었던 벽 4면에 붙어있는 메모들, 25살이라는 나이의
녀석이 생각을 참 많이도 하는 그 마음가짐, 앞으로의 진로를
정해서 전진하고 있는 모습에 어미로서는 많은 생각이 든다.

잔소리할 때가 그리 많지 않았던 아들 녀석.
성격이 어미와 비슷해서 가끔 미안하기도 했었던 녀석 방의 사
면 벽을 보면서 대견하기도 하면서 미안한 마음이 드는 건 왜
일까, 아마도 학원비며 용돈을 녀석 힘으로 해결하려 노력하
는 모습을 보면서 하고 싶었던 말도 꾹꾹 참아야 했었기 때문
인가 보다.
일 년 치의 용돈이며 학원비 계산까지 적어서 붙여 놓고 앞으
로의 계획과 행동과 말 그리고 생각하는 미래를 적어 놓은 것
을 보고, 이 녀석 어디에 내놓아도 걱정을 하지 안아도 되겠구
나 싶지만, 한편으론 가슴이 미어지도록 아프기까지 하다.

꿈이 너무 원대하게 커서 걱정이 되는 건 사실이기도 하다.

아파트 200세대가 넘는 한 동을 살 것이고, 1억이 넘는 자동차와 스포츠카도 살 것이고, 수영장이 있고 운동장이 있고 잔디밭이 있는 저택을 장만할 것이라는 이 녀석은 '엄마, 내가 엄마 좋은 자동차도 사주고, 아파트 한 채 사주면 서재도 꾸미고 현금도 줄 테니까, 엄마 하고 싶은 거 하면서 살아." 이렇게 말하는 녀석을 어찌 미워하겠는가.

자신의 꿈을 향해 달려가는 녀석, 돈 한 푼 쓰는 것도 생각하고 쓰는 모습을 보면서 이 녀석에게 내가 그렇게 살아보라고 주입한 적도 없다. 다만 대인 관계에 있어서 해야 할 것과 어떤 상황에 대해서 어떤 행동을 해야 하는지 말해야 하고, 될 수 있으면 타인에게 상처를 주는 일과 말은 하지 말라는 부탁을 했을 뿐인데 이 녀석이 어떤 계기로 이런 생각들을 하게 되었는지 모르겠다.

아들 녀석이 신촌의 의류 관련의 MD 학원을 등록하고 첫 수업을 갔는데 방에 적힌 글들로 문득 울 아들 수업 잘 받고 있을까 궁금해지기도 하고 보고 싶기도 하다.

청소하다 말고 미안함에 그리고 고마움에 눈시울이 뜨거워진다. 그래도 어미로서 해 줄 수 있는 건 힘내라는 말과 할 수 있다는 말은 해야겠지.

아들 손이
약손이네

○
○
○

암으로 딱딱해진 엄마의 배를 어루만지는 아들은 엄마 앞에서 눈물을 보이지 않으려 애쓰는 모습이 역력하고 막내아들은 눈물을 훔쳐내느라 눈가에 눈물이 마르지 않고 있는 그 모습들을 어머님 당신은 느끼시지만 우시는 것조차 기운이 없어 힘들다고 한다.

힘들어하는 호흡, 몰아 쉬는 호흡.
자식들과 한마디라도 더하고 싶어 아픔을 참고 작은 소리로 말씀하시고 아들이 문질러주어서 배가 안 아프다고 하신다.
아들 손이 약손이라며 참 좋다 하시는 무표정의 얼굴과 초점이 흐릿한 시선으로 바라보는 그 모습이 더 안쓰럽게 보인다.

엄마 손이 약손이라 어릴 때 많이 듣던 그 얘기를 거꾸로 어머니가 아들 손이 약손이라 하신다. 그 느낌이 어떤 것인지 아니까 그래서 더 아프게 들린다.

어제 자정쯤 집에 돌아와 아침 일찍 시동생 내외가 지키고 있고 오후엔 교대를 해주기로 했는데 지켜보는 그 상황이 더 가슴을 졸이게 한다.

시아버지를 찾으시는 그 모습 인제 그만 너희 아버지가 나 좀 데려가시라는 그 모습을 보고 있는 며느리보다는 아들들이 더 아프겠지만, 시어머니로서 며느리로서 함께 미운 정, 고운 정으로 쌓아 온 그 시간이 생각했던 그 이상이었나 보다.

며느리 설움에 운다는 울 올케들이 했던 말이 왜 생각이 났을까 친정아버지 돌아가셨을 때 큰 올케가 그렇게 서럽게 울던 일도 생각이 난다.

공방 윤경옥님 댁
탐방

○
○
○

참 오랜 인연으로 맺어진 분이다.

몇 년 전 다니던 미용실 원장님이셨던 분이 이제는 미용실을 접고 아담하고 소박한 뜰을 가꾸며 멋있는 노후를 준비하며 사시는 멋쟁이임이 분명하다. 천생 여자라는 이미지로만 각인되었던 분이 항공대 뒤편 산밑 첫 집에서 항아리들과 예쁜 꽃들을 가꾸며 사는 모습에서 또 다른 모습이 보인다.

예전에 미용실을 다닐 때 한 번도 실망을 안겨 주지 않았던 헤어스타일을 만들어 주실만큼 섬세함과 세련미를 겸비하셔서 그런지 도착한 그곳에는 수많은 효소와 국산 차들을 만들어 놓으신 진열장을 보면서 그분이 가지고 있는 열정에 감탄하지 않을 수가 없었다.

지인의 카카오 스토리에서 저를 알아보시고는 인사를 건네시는데 인연은 어디서 만나든 꼭 만나게 되나 봅니다. 스토리에 올라오는 사진들을 보고는 궁금함을 견디지 못해 찾아간 공방 뜰에는 작은 공기조차도 그냥 스치지 못할 만큼 정겨움과 사랑이 가득하다.

뜰에서 산을 바라보면 하얗게 드리운 아카시아 꽃들과 밭이 마음과 눈을 편안하게 하고 정신이 맑아지는 듯 조신하고 우아하게 앉아서 차를 마시고 글을 쓰면 좋겠다는 생각이 들 정도다.

생강나무 꽃차와 비트 차를 주시는데 생각 나무 꽃차는 생강 냄새가 코끝을 자극하고 입안에서 생강 냄새가 감돌고, 비트 차는 뭐라 표현해야 하는지 약간은 무 냄새가 나는 듯한 것 같다. 그 많은 효소와 차들을 만들어 놓고 찾아오는 지인들을 대접하기도 하고 선물을 드리기도 한다고 한다. 많은 시간을 공들여 만들어 놓은 것들을 대접하고 선물한다는 것은 따뜻한 정을 나누면서 사는 마음이 아름다워서 일 것이다.

담소를 나누는 내내 산 밑 아담한 뜰에 정성이 얼 만큼 들어 갔는지 눈으로만 봐서도 충분히 알 수 있었고 벽화까지 손수 다 그리신단다. 비트 차와 삼베로 만든 작은 커튼을 선물해 주셔서 감사히 받아 와, 집에 도착하자마자 거실 큰 창문에 걸어 놓았더니 분위기가 다르다.

"여사님, 오늘 제가 반가운 것보다 더 반갑게 맞아 주시고 선물까지 주셔서 너무 감사합니다. 비트 차 마실 때마다 생각하고 창문을 바라볼 때마다 공방의 정원이 그리울 거예요. 감사하고 또 감사합니다."

아버지와
하얀 나비

○
○
○

언제부터인가 하얀 나비가 보이지 않는다.
길을 가다가 야생화들이 있는 곳이면 무의식적으로 몸을 돌려
하얀 나비를 찾고 있다는 것을 알았다.

아버지가 그리운 것이다.
아버지가 보고 싶었다.
우연한 계기로 내게 딸이라 말씀하시는 연세가 지극한 분이 계
시는데 어른께서는 아들만 셋이 있고 딸이 없어 딸이 있으면
좋겠다 하시면서 간혹 전화를 주신다.

우리 딸 잘 지내느냐고 어디 아픈 데 없느냐고 하시면서 당신
걱정보다 내 걱정을 더 하신다. 그러면서 꼭 운동하라고까지
하시면서 딸이 있어 아주 좋다 하신다. 딸이 생겼으니 더 건강
챙기면서 건강하게 살아야겠다고 하시면서 더 열심히 운동하
고 더 잘 챙겨 드시고 하신단다.

젊은 사람들이 열심히 일하고 열심히 운동하고 하는 모습을 보면 아주 멋있고 예뻐 보이더라고 하시면서 아프지 마라. 고운 글 써서 많은 분한테 사랑받아야 하니까 건강 챙기라고 하신다.

그분을 뵈면서 난 아마도 돌아가신 내 아버지를 생각했나 보다. 그렇다고 우리 아버진 자상하게 챙기거나 따뜻한 말씀을 표현하시는 분이 아니셨는데 그 어르신을 뵈면서 아버지 생각이 난다.

아버지가 돌아가신 그 날 그리고 내 마음이 편치 않을 때마다 찾아갔던 아버지 묘에서 몇 번을 하얀 나비를 보아서 그랬는지 간혹 하얀 나비가 보이면 마치 아버지가 내게 다녀가신 듯했다. 그런데 언제부터인가 하얀 나비가 내 눈에는 안 보인다.

아이야 조급하게
생각하지 말거라

○
○
○

내가 살아보니,
꾸미지 않아도 수수한 그 모습 자체가 얼마나 예쁜지 알겠더
라. 화장하지 않아도 그 차체만으로도 영롱한 물방울처럼 빛
이 나고 어른처럼 꾸며 입지 않아도 상큼하고 발랄하게 입는
모습이 얼마나 예쁜 모습인지 지금 내 모습을 보면서 알게 되
더라.

내가 살아보니,
해야 할 행동과 하지 말아야 할 행동을 어른들께서는 왜 그렇
게 말씀을 하셨는지 알게 되더라.
훗날, 내가 왜 그랬을까 하는 후회를 하기도 하더라.
하지만 아이야 그 마음을 모르는 것도 아니고 또한 무조건 다
반대하는 것도 아니란다.
몸소 느끼고 겪어봐야 얼마나 힘들고 어리석은 행동을 했는지
알게 되는 것도 있어서 크게 벗어나는 행동이 아니라면 경험하
게 하는 것도 어른들 마음이기도 하더라.

내가 살아보니,

무엇을 하든 때가 있는 것이더라 때늦은 공부를 하려니 머리가 따라주지 않고, 때늦은 멋을 부리자니 잘못하면 나잇값을 못하는 것 같고, 때늦은 신념을 지니고 있었던 잘못된 행동이나 성격을 바로 잡는다고 해도 이미 지나온 시간에 길들어 쉽지가 않더라

그럼에도 불구하고

아이야 너는 너의 생각과 행동이 옳다고 말하겠지?

크게 벗어나는 행동과 판단이 아니라면 믿고 맡기고 싶단다.

그러니 너무 조급하게 행동하거나 쫓기지 않고 여유로움도 가질 줄 알았으면 좋겠구나.

세상은 결코 네가 원하는 대로 이루어지지 않는다는 것도 알았으면 좋겠구나.

지금 네가 계획했던 대로 이루어지지 않고 있듯이 말이다.

하지만 그것 또한 너의 값진 경험의 재산이 될 터이니…….

아파트
사람들

○
○
○

고요한 아침을 깨우려 희미한 불빛이 블라인드 사이로 들어와 내다보면 이렇게 많은 집이 헤아릴 수 있을 만큼만 베란다의 커다란 유리문에서 불빛이 새어나온다.

우리 집 전기 레인지에서는 지글지글 보글보글 된장국이 끓어 오르고 식탁에는 반찬들이 놓인 후 연한 원두커피를 마시기 위해 투명한 유리잔에 찰랑찰랑할 정도로 가득 채우고는 뒤 베란다 문을 열고 후각을 자극하는 새벽 공기를 마시고 켜지지 않은 도로의 가로등을 바라보며 하루를 시작하는 아침을 연다.

이렇게 많은 집,
아파트 사람들은 아침 해가 아파트 꼭대기에 다다를 때쯤 거실 등이 하나둘 켜지고 밤엔 일찍 불이 꺼지는 집들, 저마다 다른 모습으로 집 안에서는 분주한 움직임이겠지만 아무도 살지 않는 것 같은 적막함이 감도는 날이 오히려 더 많은 것 같아서 내가 비정상인가 할 때도 있다. 하긴 불면증으로 인한 탓도 있겠지만 가끔은 부러울 때도 있다. 잠을 잘 잔다는 것이…

어쩌다 음식물 쓰레기를 버리려 아침 일찍 내려가는 날 엘리베이터에서 만나는 같은 라인의 이웃들은 서로 어색한 시선을 어디다 두어야 할지 몰라 터지지도 않는 핸드폰을 만지작거리다가 거울을 우연하게 보면 마주치는 시선에 웃지도 못하고 그렇다고 때늦은 인사를 하는 것도 어색할 때도 있다.

이럴 줄 알았으면 처음부터 무작정 이사 왔다면서 먼저 인사를 할 걸 그랬나 하는 후회, 아쉬움이 남는 날이 시간이 지나면서 더 많아진다.

앞 집 사는 새댁도 이사 와서 얼굴을 몇 번이나 봤을까 싶고 위층 사는 쌍둥이네도 이사 오기 전 바닥 공사를 하기 위한 소음으로 양해를 구하러 갔다가 쌍둥이가 뛰어서 천장이 울리기도 할거라면서 대신 일찍 잠자리에 들어간다며 죄송하다는 말을 듣고 그 후로 몇 번이나 봤을까.

아파트 반장이라는 분이 세대주 확인을 한다고 방문도 했지만 동 반장인지 단지 반장인지도 모르겠고, 가장 많이 사람을 만날 때가 재활용 분리수거 하러 내려가면 마주치는 사람들과 놀이터에서 아이들 떠드는 소리가 들릴 때 '사람들이 살고 있구나.' 할 때가 그 시간이다.

경비 아저씨는 좁은 경비실 의자에 앉아서 모니터 화면을 바라
보며 일거수일투족을 감시하고 있는 것 같아서 엘리베이터에서
도 감시 카메라를 의식하지 않을 수가 없어서 곧은 자세로 서
있는 날이 더 많기도 하다. 혼자 엘리베이터에 있을 때 어떤
날은 거울을 보면서 얼굴을 만지다가도 무의식중에 카메라를
의식하여 열리지도 않는 문을 괜히 뚫어지게 바라보기도 한다.

현관문을 열어 봐야 앞집만 보이는 아파트 그럼에도 불구하고
문을 열어 놓지 못하기도 하고, 머리 위와 아래로 사람들이 살
고 있지만 뭔지 인색한 것 같고 이웃사촌이라는 말이 어울리
지 않는 것 같아서 이사 온 지 넉 달이라는 시간이 지나고 있
음에도 아파트 사람들과 어울리지 못하는 이방인 같다.

나만 느끼는 것일까 아니면 다들 그러려니 하고 사는 것일
까⋯⋯.

아픔 없는 삶이 있을까,
걱정 없는 삶이 있을까

○

○

살아가는 것이 쉬운 것이 없는가 보다. 아니 살아가는 것이 마음대로 되는 것이 없다고 해야 할까 걱정 없이, 고민 없이 살아가는 사람은 없나 보다. 저마다 고민이 있고 난관이 있겠지만 어떻게 해결 방안을 마련하면서 살아갈까.

누구나 다 제각기 다른 스케일과 일의 흐름을 잘 파악하여 살아가겠지만 정확한 답을 찾을 수가 없을 때 제일 답답한 거 같다.

누군가 내게 도움이 필요로 해서 손을 내밀었을 때 내가 가지고 있는 여건이 안돼, 도와줄 수 없을 때 마음이 참 아프다. 마음이야 다 해주고 싶지만 그렇지 못함에서도 도움을 요청한 사람에게는 잘못하면 오해의 소지도 있고 서운한 마음이 들어 한동안 연락을 못 할 수도 있는 상황이 되면 도움을 요청한 사람과는 무관하게 같은 마음으로 서운한 감정을 본인 스스로 자책하면서 생각의 생각으로 꼬리를 물게 된다.

그렇게 며칠을 마음 아파하면서 오해가 없기를 바라는 마음을 알아주기만을 간절히 바라는 안타까움으로 또 그렇게 평온했던 마음을 아픔으로 가슴앓이를 하기도 한다. 그것이 우리가 지금 사는 현실이라는 것이 더 슬프다.

살아가면서 내가 원하는 대로 살아지지는 않지만, 그래도 살아온 시간이 흔들릴 만큼의 힘듦이 없다면 얼마나 좋을까 적당한 아픔과 걱정이 있어야 내면의 나 자신이 또 다른 삶을 살아가는 방법들을 터득하며 살아가는 것인가 보다. 그렇게 살아지는 것이 삶인가 보다.

어느 한계까지의 적당한 선을 유지하며 살아야 하는지를 계산하며 살고 싶지 않은데 내 생각과는 무관하게, 내 처지와는 무관하게 판단하는 그 상황들이 가슴이 아프다. 마음먹은 대로, 생각하는 대로 할 수가 없는 것들이 많아서 더 안타깝고 마음이 아프다.

살아가면서 이런 관문들이 있어야만 서로의 마음이 느껴지고 믿어지는 것인가는 생각으로 마음이 그래서 더 아프다.

안 계시 뒤에
더 큰 사랑을 깨우치게 되는 빈자리

○
○
○

이맘때가 되면 꼭두새벽부터 내려오셔서 마당 쓸어내는 빗자루 소리에 잠을 깨우기도 하고 화단에 돈나물이랑 쪽파와 대파 몇 뿌리씩 한쪽 귀퉁이에 아주 조금씩 심어 주시던 손길이 엄마가 병원에 입원하신 뒤로는 없었고 또 돌아가신 작년까지만 해도 내가 그런 것을 할 거란 생각을 안 했어요. 그냥 막연하게 엄마가 없으니까 빈자리가 너무 크다는 생각만 듭니다.

몇 년 전 엄마한테 했던 말.
"엄마 없으면 우리 집 화단이며 이런 거 누가 해주지"
그러면 엄마는,
"걱정하지 마라. 네가 안 해서 그렇지 넌 나보다 더 잘할 거니까 걱정하지 마라"
"근데 엄마 나 이런 거 귀찮아서 싫어 "
"어른을 모시거나 가까이서 하던 것을 보고 살았으면 생각나서 더 하게 된단다."
그 말씀이 맞는 거 같다. 내가 지금 엄마가 하시던 것들이 생

각나면서 나도 해볼까 하는 생각이 들 때도 있는 거 보면 엄마
말씀이 맞나 봅니다.

오늘, 동네에 집안 먼 사촌오빠가 사시는데 올케가 부엌 창문
으로 고모 대파 없으면 갔다 먹어 하는 소리에 텃밭으로 따라
가 대파를 얻어 왔는데 생각보다 양이 많아서 반은 친언니를
주고, 반은 손질해서 냉동실에 넣어 둘까 고민하다가 화단에
심으려니 빈공간이 없기도 하고 큰 나무뿌리들이 많아서 삽질
이 되지 않아 큰 화분에 심으면서 눈물 한 방울 뚝~.

울 엄니 살아 계셨으면 엄니가 해 주셨을 텐데…….
이럴 때 엄마 생각이 참 많이 나요. 엄마의 빈자리가 시간이
지날수록 커집니다. 아마도 엄마의 손길이 그대로 느껴져서 그
런 가 봅니다. 화단 곳곳에 마당 곳곳에 묻어있는 엄마의 애정
어린 손길 이것이 나만 그러는 줄 알았는데 울 언니도 엄마가
해주시던 꽈리 고추 볶음과 홍합 넣고 끓인 미역국이 생각이
난다고 하고, 큰 올케는 어머님이 하시던 말씀들 이제야 내가
온몸으로 느끼고 있다고 말을 합니다.
삶은 그냥 살아지는 것이 아닌 가 봅니다. 나이는 그냥 먹는
것이 아닌 가 봅니다. 엄마가 하던 것들을 하게 되면서 그때는
못 느꼈던 큰 사랑을 안 계신 지금 더 크게 느끼게 됩니다.

어르신의 재담 속에
숨어있는 깊은 뜻

○
○
○

어르신들과 이야기를 하다 보면 참 재미있는 일화들을 듣게 됩니다. 스스럼없이 나오는 입담은 역시 어르신들을 따라갈 수가 없는 것 같아요. 비록 몇 가구 안 되는 작은 마을 아니 큰 아파트 사이에 덩그러니 남아 있는 농가주택으로 형성된 마을이지만 대부분 젊은 사람들보다 연세 드신 분들과 살다 보니 종종 재미있는 이야깃거리들로 웃기도 합니다.

태우네 할머니 말씀에 귀를 쫑긋 세우며 경청을 하는 몇몇 분들, 태우네 할아버지께서는 아마도 말씀을 많이 하시고 남의 일에 관심이 많으신 가 봅니다. 오늘도 가구점 사장님께 제가 부탁했던 작은 테이블을 만들면서 자전거를 타고 지나가시면서 궁금하셨는지 무엇을 만드는지 여쭙는 태우네 할아버지를 면박하시는 할머니.

뭐가 그렇게 궁금한지 그냥 지나치는 법이 없다면서 사사건건 물어보고 다닌다면서 하지 말라고 해도하고 알면 뭐할 거고 알려 준다고 아는 것도 아닌데 왜 물어보고 다니는지 알 수가 없다고 하시면서, 밥상을 차려준 지가 50년을 넘었는데 지금도 반찬 투정을 하시는지 해주면 해주는 대로 드셔야 하는데 맛이 있니 없니, 반찬이 있니 없니 하시는지 이제는 그렇게 트집을 잡고 투정을 부리면 역적이라고 하시면서 밥하는 사람을 다른 사람으로 바꾸자 해도 묵묵부답이라고 하시는 태우네 할머니. 하긴, 나도 우리 집 남편이 투정하면 주면 주는 대로 그냥 먹으면 안 되느냐고 하면서 밥그릇 뺏어 버린다고 하기도 하는데, 50년을 넘게 사신 태우네 할아버지 할머니의 마음을 모르는 것도 아니다 부부는 나이를 먹어서도 서로 투정하고 그러는가 봅니다.

할머니의 역적이라는 말씀에 웃었다. 역적이라……

나는 간혹 이그~ 저 원수 같다는 말과 오지랖이라는 말은 많이 해봤지만, 역적이라는 단어는 한 번도 생각해 본 적이 없었으니까요.
태우네 할머니가 말씀하시는 부부애愛의 끈끈한 정情을 50년을 넘게 살아오신 그 시간 동안 싫기만 했겠어요? 모진 풍파를 견디면서 살아온 그 세월, 비록 할머니는 역적이라 하시지만 그래도 곁에 안 계시면 누구보다 가장 큰 빈자리를 그리워하실

할머니라는 것을 저는 알고 있습니다.

내 엄마가 아버지를 그렇게 미워했으면서도 그리워하신 것을 알고 있었으니까.

노부부가 함께 걸어온 그 세월을 자식이라 한들 다 알겠어요?

두 분만이 아시는 그분들의 삶이 고스란히 녹아있는 세월의 흔적들을.

언제 어디서나
당당하게

○
○
○

시간이 흐를수록 여유로움이 생기는 건 분명히 맞는데 생각이
소극적이 되어가는 이유를 모르겠다. 그것뿐인가, 나는 분명
당당하게 걷고 있다는 생각이 드는데 무언가 모자란 듯한 기
분이 든다.
주변에서 들려 오는 이야기가 나이를 먹으니까 소심해지거나
노여워하는 횟수가 잦아진다고 한다. 이제는 그 마음이 조금
이나마 이해를 할 수 있을 것 같다.

첨단의 시대를 살고 있어서 건강 100세 시대라고 하는 중년이
라는 나이를 어디다 두어야 하는지 잘 모르겠지만, 중년으로
접어드니까 자꾸만 현실에서 도태되어가는 기분이 든다는 말
을 내가 나이 들어가면서 자주 듣는다.
제작 년까지만 해도 왜 그렇게 생각하시느냐고 지금까지 내 자
리에서 최선을 다해서 살았기 때문에 고생한 만큼 쉬어가는
것이라고 했지만, 지금은 그 기분을 그 마음을 내가 느끼고
있다.

번뜩번뜩 생각났던 것들을 행동으로 옮기는 일이 그리 어렵거나 망설임이 적었었는데 이제는 앞 뒤를 생각하고 고민하는 일이 부지기수로 많아졌다.

말은 지혜롭고 여유로운 사람이 되자, 나잇값을 할 줄 아는 사람이 되자 하는데 말뿐인가 싶은 생각에 혼자서 빙긋이 웃기도 한다. 그런데 아이러니하게도 뻔뻔해지는 건 사실이다. 이게 무슨 조화인지……

언제 어디서나 당당하자 했는데 당당하다기보다 뻔뻔해진 것 같은 생각이 든다.
당당함(남 앞에 내세울 만큼 모습이나 태도가 떳떳하다.)과 뻔뻔함(부끄러운 짓을 하고도 염치없이 태연하다.)의 차이점을 가릴 줄 아는데 생각해 보니 당당하다기 보다 뻔뻔스러워지는 것이 아닌가 싶다.
멋있는 사람이 되고 싶다고 말하듯이 그러려면 당당한 모습으로 살아야 하는데 멀어져 가고 있는 아니 나도 모르게 당당함이 변질이 되어간다는 생각이 든다.

모두가 원하는 "언제 어디서나 당당하게"을 다시 되짚어봐야 하나 싶은 내 마음과 생각 그리고 행동을……

언짢게 하는 말 중
한 가지

○
○
○

얼마나 많은 사람에게서 거짓의 말만 들었으면 사실을 이야기
해도 핑계도 많다는 말을 서슴없이 한다. 상대가 어떤 성향을
가졌는지 어떤 성품을 가졌는지 알고 있다면 그 말을 함부로
해서는 안 될 말이다.
핑계라는 말을 듣는 것도 한두 번이지 반복해서 듣는다면 오
히려 그렇게 말하는 사람을 다른 시선으로 다른 생각으로 바
라보게 되고 도리어 기분이 언짢아지게 된다.

생각 없이 던진 그 한마디로 인해서 진실한 마음을 가지고 있
던 사람은 그 사람을 신뢰하지 않게 된다는 것을 모른다. 또
한, 내가 진실을 이야기하고 있음에도 핑계로만 듣는 사람에
게 입 아프게 말하고 손가락 아프게 글을 쓰고 싶지 않게 만
든다.

상대에 따라서 마음을 열기도 하고 손을 내밀기도 하는 것처
럼 내가 상대를 바라보는 것만큼 믿어주는 것만큼 받아드리게

되어 있는 것이 사람 마음이 아닌가 싶다.

만약 그 말을 반대로 내 입장에서 듣는다면 어떤 마음일까, 아마도 필자와 같은 마음이지 않을까 사람은 똑같으니까 말이다. 일방적으로 한쪽에서만 하는 퍼줌과 나눔은 없다. 그것이 무엇이든 혹 일방적이라 하더라도 그건 결코 오래가지 못한다.

상대의 입장과 상황을 생각하는 사람이고
서로를 믿어주는 마음이라면 그렇게 반복해서 말하지 못한다.
보이는 것만큼 그만큼만 상대를 보게 되는 것이 사람 마음이라고 생각한다.

얼 만큼
아파야

○
○
○

내 목숨 내 맘대로 안 되는 운명
얼 만큼 아파야,
얼 만큼 고통스러워야 죽을 수 있을까 하시던 말씀

그 고통을 십 분의 일이라도 짐작할 수 있을까.
내가 교통사고 나서 죽다 살았지만 지금 엄마가 겪으시는 고통
을 얼마나 느낄 수 있을까.

살아 있어도 살아 있는 것이 아닌 것 같은 당신의 슬픈 운명.

그런 엄마의 모습을 보면서 차라리 고통도 모른 채 누워있는
의식불명이었으면 고통은 느끼지 못하지 않으셨을까 싶은 생
각도 들고 너무나 고통스럽고 아파하시는 모습에 아버지, 엄마
모시고 가라고 더 이상은 볼 수가 없다고 말은 했지만, 마음은
이미 죄스러운 마음에 가슴은 찢어지고 눈가에 눈물은 고였지
만 누군가와 눈이 마주치면 주체 없이 엉엉 울어버릴 것 같아

서 앙다문 어금니를 꽉 물고 삭이는 그 짧은 몇 분을 견디지 못하고 다시 엄마의 손과 발을 동여매고는 병실을 빠져나왔지만, 마음은 어디다 둘 곳 없어 진정시키느라 찻집에 들어가 마신 달콤한 차 한 잔도 내 엄마에겐 죄스러운 마음만 든다.

살아 숨 쉬는 것조차도 고통인 엄마.
그럼에도 불구하고 나는 내 마음을 달래보겠다고 꾸역꾸역 삼키는 달콤한 차 한 잔에 내가 이러고도 엄마의 막내딸이 왔어.
라고 말할 수 있을까…

엄마 안 계신
첫 번째 설 명절

○
○
○

이제 두 달밖에 안 되었는데도 허전한 빈자리.

명절이라고 해서 친정 나들이를 제때에 해 본 적이 딱 한 번 있었다.

아버지 살아 계셨을 때 마지막 명절인 것 같아 곱게 한복을 차려입고 마지막 세배를 드렸던 그 날 이외엔 한 번도 없었다 물론 나뿐만이 아니라 결혼을 한 주부들이라면 같은 공감을 하겠지요.

부모님 안 계신 자리 더군다나 엄마의 빈자리가 다른 날에 비해서 유독 더 크게 와 닿는다.

낮에 잠깐 다녀온 오빠 집,

그리 크지도 않은 집이 왜 그렇게 커 보이는지 웃고 있는 오빠와 올케 얼굴을 보면서 알싸하게 아픈 가슴을 느꼈던 건 아마도 나는 엄마의 숨결을 느끼고파서 갔었던 것 같다. 엄마가 쓰시던 방문을 열어보고 싶었는데 차마 열어 볼 수가 없었다. 주책없이 눈물을 쏟아낼까 봐 그런 내 모습을 보고 큰오빠는 또 얼마나 마음이 아플까 싶어서 들여다보지도 못하고 커피 마시고 잠깐 수다 떨다가 오는데 새록새록 더 실감 나는 엄마의 자리, 그러고 보니 세배를 드려 본적이 언제인지도 모르겠다. 병원에 입원하시고 아픈 사람한테 세배하는 거 아니라고 안 받으셨는데 그렇게 몇 년을 훌쩍 보내고 이제는 하고 싶어도 할 수가 없다.

엄마 안 계신 하늘 아래서 난 이렇게 첫 번째 명절을 맞이하면서 적응해 나가겠지. 죽는 날까지 늘 그리워하면서 가끔 눈시울 적시며 또 눈물범벅이 되어서 엄마를 목 놓아 부르기도 하겠지….

엄마, 엄마 안 계신 첫 번째 맞이하는 설날을 많이 그리워하며 보낼 거 같아.

부모님께 많은 사랑 보여 드리고 안아드리기도 하면서 이야기를 나눌 수 있다는 것, 그것만으로도 것만으로도 부럽다. 그리고 누워 계시더라도 살아 계시다는 것만으로 지금은 더없이 감사드릴 수 있을 것 같다. 그 자체만으로도.

하고 싶어도 할 수 없는 것들이 헤아릴 수도 없이 너무 많다는 것을 인제 서야 느낀다.

엄마 힘들면
힘들다고 말해

○
○
○

숨이 멎었는가 싶으면 몰아쉬는 숨소리와 동그랗게 뜬 두 눈,
한 번씩 동그랗게 뜬 눈으로 초점 없는 시선으로 바라보는 그
곳에 누가 있을까.

숨을 안 쉬어 가슴 압박을 세차게 두드리면 다시 돌아오는 숨,
울 엄마 폐가 다 망가질 거 같아 손바닥으로 내리치는 그것이
더 아플 것 같아.

온몸으로 배출하는 땀으로 범벅이 되어 젖어 버린 엄마를 닦
아 드리려고 윗옷을 들추었는데 너무 세게 가슴 압박을 했는
지 시퍼렇게 멍이 들어버린 내 두 손보다 작은 가슴.

앙상하게 가녀린 몸에 감각도 없는데 손발만 풍선처럼 커져서
곧 터져버릴 것 같은 엄마를 좀 더 살려 보겠다고 하는 오빠
언니의 손놀림마저 나는 너무 가슴이 아파서 차마 바라보지를
못하고 한쪽에서 입술만 앙다물고 흐느껴 울 수밖에 없었다.

엄마 아프면 '이놈들아 아프다'고 말을 해야 알지 그렇게 의식
없이 누워서 사경을 헤매고 있는데 아픈지 안 아픈지 어떻게

215

알아 힘들면 힘들다고 말을 해야 알지, 이승과 저승의 갈림길이 그렇게 고통스러운가 보다 상황을 지켜보면서 내 어릴 시절부터 주마등처럼 스치고 지나가는 지난 시간, 울 엄마 아파서 병원에 입원하기 전에 내게 눈물을 흘리면서 하신 말씀이 있었다. 그때 처음으로 엄마를 붙들고 대성통곡을 했던 그 말씀을 엄마가 정신을 자꾸 놓으실 무렵 그때 했던 말씀을 다시 하셨다. 그땐 "엄마 걱정하지 마. 이제는 내가 알아서 잘 살 거니까 걱정하지 마." 했더니 "너도 딸년 시집 보내봐라." 하셨던 그 말씀이 자꾸만 심장을 도려내듯이 아프기만 한다.

여러 중환자가 누워 있는 병실이라 교대로 지켜보라는 병원 측의 요구에 집에서 대기하고 있지만, 엄마의 가슴에 멍들어버린 자국이 눈을 감고 있어도 생각이 난다.

언제까지 부를 수 있을까!
엄마란 이름으로 부르기만 해도 아픈 엄마! 어머니!

엄마로서의 일생 &
여자로서의 인생

○
○
○

엄마들의 삶은 왜 그렇게 아픔이고 슬픔이고 한으로밖에 살지 못했을까, 가슴에 맺힌 것들이 너무 많아 새까맣게 타들어 간 멍 자국이 박혀 있는 여자의 인생인 것 같다.

시어머니께서 요양병원에 계신다. 그분이 어떻게 살아왔는지 주위에서 들은 이야기로는 대충 짐작이 가지만 보고 자란 것이 아니라서 뭐라 글로 옮긴다는 것이 쉽지는 않다.

시어머니는 친정엄마와는 다른 성품을 지니고 계신다. 너무 다른 대조적인 성격으로 인해서 가끔 당혹하게 하거나 입장이 곤란하게 할 때도 있다. 하고 싶은 이야기는 다 해야 하고 당신 맘에 들지 않으면 그것이 어머니가 잘못하셨어도 일방적으로 상대를 제압하는 억지를 부리기도 하셔서 처음엔 적응이 안 돼 화도 많이 나기도 했었는데, 어느 순간엔가 그냥 나 스스로 포기를 하게 되면서 도리어 마음이 편해지고 그냥 하고 싶은 말은 어머니께 다 하고 나서는 장난을 치면서 언제 그랬냐는 듯이 그냥 웃어넘기기도 한다.

섬에서 살아오신 어머님은 고생을 많이 하셨다고 한다. 남자들이 어선에서 해야 하는 일을 아버님보다 더 일을 많이 하셨고 욕심이 워낙 많고 남한테 지는 거 싫어하고 누가 자랑하는 거 못 보신다.

간혹 자식보다도 당신이 먼저인 어머니를 뵐 때면 친정엄마의 모습을 떠올리게 된다. 내가 자라면서 봐오지 못했던 그런 부분들이었으니까.

며칠 전 대학병원으로 모시고 가서 검사를 받았다. 하혈하신다고 요양병원에서 연락이 와서 동서가 내게 전화를 해서 어머님 모시고 병원 가야 하는데 같이 가자 해서 검사를 받아 놓고 결과를 보러 다녀왔었다.

담낭 수술 하신 지가 30여 년이 지났다고 했는데 언제인지는 알 수 없으나 담낭 주위에 종양이 생겨 배 속의 장기에 다 전위가 된 거 같다고 하면서 병원에서는 무엇을 해드릴 것이 없다고 한다 좀 더 자세하게 알고 싶으면 소화기 내과에서 검사를 다시 받으라는 말씀만 하신다.

생각해보니 전조 증상이 있었던 것 같다 자꾸 소화가 안 된다고 하시고 배가 더부룩하다고 하셨는데 늘 습관처럼 그러시고 또 드시는 것을 워낙 좋아하셔서 그럴 거라고만 생각했었는데 돌이켜보니 그것이 전조 증상이었던 것 같다.

의사 선생님께서 더는 해드릴 것이 없다고 하시는 말씀에 가슴은 무너지지만 정작 이것을 어머니께 말씀을 드려야 하나 어째야 하나 걱정이다. 남매들한테는 다 얘기했지만, 의견이 분분하다. 검사를 자세히 해보자는 시동생 그리고 다른 분들은 의연하게 받아들이는 듯하다. 막내는 그래서 막내인가 보다 시동생을 보면서 느낀 막내이다.

여자로서 행복하셨냐고 엄마로서 행복하셨냐고 언젠가 어머님께 여쭤본 적이 있었는데 고개를 설레설레 흔드신다. 고생만 엄청나게 하고 남편도 자식도 내 맘대로 안 된다고 하시면서 눈시울이 붉어지는 모습을 잠깐 본 적이 있었다.

그 작은 외딴 섬에 살면서 얼마나 고생이 많으셨을까 세상과 담쌓고 살아야 했던 젊은 시절을 어머닌 무슨 생각으로 무슨 희망으로 버티면서 사셨을까 싶다. 아버님 돌아 가신지가 30여 년은 된 것 같고 큰아들 내외도 10여 년 전에 먼저 하늘나라로 보내고 그리곤 평탄치 않은 집안의 우환들이 자꾸만 생기는 것을 다 보고 계시는 어머님 며느리들 입장에서는 무엇을 어떻게 하자는 말을 꺼내지 못하고 이제는 아들들이 모든 결정을 다 내려야 하는데 사실 쉽지 않은 일이다. 지금 바라는 건 참을 수 없이 아픈 고통만 없으셨으면 좋겠다는 바람뿐.

어머님은 어떤 회한의 한을 풀어 놓고 싶으실까, 살아오신 인생에서 가장 행복했던 일은 언제였을까 일요일에 어머님 뵈러 가는데 어떻게 얼굴 보고 아무렇지 않게 아무 일도 없었던 듯이 뵙고 올까, 그날이 어머님 생신이신데……

여행은 가슴과
삶을 설레게 만든다

○
○
○

우리나라를 벗어나 유럽 여행을 떠난 9일간의 설렘, 조금 더 일찍 나갔었더라면 하는 아쉬움이 많았던 그렇지만 지금이라도 다녀왔다는 것에 감사한다.

24명의 일행과 함께한 며칠간의 행보가 그리 쉽게 편안하게 다녀올 거란 생각을 전혀 하지 않았다. 출발 며칠 전부터 걱정이었던 낙오를 하게 되면 어쩌나 싶은 마음에 그러지 않기 위해서, 저녁이면 일산 호수 공원에서 땀을 흘려가며 힘듦을 참아가며 워밍업을 했던 것이 큰 도움이 되었지만 그래도 버거웠고 힘들고 아팠지만, 일행들에게 피해를 줄까 봐 이를 악물고 참았던 그 며칠이 내겐 어떤 여행보다도 값진 경험이었고 나 스스로에게도 대견한 여행이었다.

조금 더 젊었을 때 여행을 했더라면 좋았지 않았을까 하는 생각이 들었던 건 그만큼 받아들이는 것들과 보는 시선이 다르지 않았을까 하는 아쉬움도 있었다. 그리고 가슴에서 설렘이 있을 때 흔들림이 있을 때 느끼는 것 또한 차이가 있을 것 같다. 내가 나이를 먹으면서 느끼는 것들과 바라보는 시선이 30

대 느꼈던 것들과 다르듯이 세상을 바라보는 눈도 마음도 생각
도 삼 10대와는 다르지 않았을까. 이제 50을 바라보면서 그 모
든 것들이 또 다르겠지!

2014년 9월 11일~19일 9일간의 터키 발칸 일주는 내겐 또 다
른 삶의 의미를 부여해 준 것이 무엇이었을까!
사실 비행기를 타고 내릴 때까지는 아무런 의미도 느낌도 없었
다. 아~ 내가 떠나는구나, 아~ 내가 머나먼 이국땅에 왔구나
했을 뿐, 터키 공항에서 관광버스를 타고 호텔로 이동하면서
느낀 나의 첫마디는 아~ 이래서 사람들이 말하는구나, 유럽
여행 가고 싶다고……

자연의 경관과 건축물들과 마치 소꿉장난하는 예쁜 그림 속의
집들, 그리고 여유롭고 자유로운 사람들, 그래서 사람들이 내
게 말했나 보다 그곳엔 너를 아는 사람도 네가 어떤 행동을 해
도 누가 뭐라 하는 사람이 없을 것이니까 하고 싶은 대로 다
해보라는 말을 했었나 보다 그렇지만 어쩌랴 이미 그렇게 배워
왔고 이미 그렇게 내가 대한의 딸로서 물들어 버린 '나'이고 내
성격인 것을!
다만 아쉬움이 많이 남았던 것은, 여행 때 느꼈던 작아진 마
음 아니 생각들이 나를 더 나 스스로 자책하지는 않았을까 싶

고 내 한계를 보았던 것이 아닌가 싶다. 그렇게 작아진 나 자신을 보면서 씁쓸한 마음이 들었을 때는 잠깐씩 공황에 빠진 듯한 그런 기분이었고, 여행 기행문을 올리면서 무지함을 느꼈던 순간들이 많았던 듯싶다.

그래서 아이들에게 세상을 바라보는 눈을 알게 해주고 싶었을까! 세상은 넓고 배움은 끝이 없다는 것을 이미 알고 한 얘기처럼 했던 말이 한편으론 웃음이 나오기도 하더라는……

무엇을 알고 있었다고, 무엇을 느꼈다고, 무엇을 보았다고 아이들에게 그렇게 말을 했을까 하는 생각이 들기도 했었다. 빈 껍데기만 끌어안고 들었던 풍월로만 아이들에게 이야기한 것이 너무 많지 않았나 하는 생각에 아이들이 더 보고 싶었던 것 같다.

머리가 나쁜 건지 아니면 기억력이 쇠퇴해진 것인지 돌아서면 잊어버리는, 현지 가이드가 때와 장소에 따라서 알려주는 정보와 역사를 이야기해주면 뒤돌아서서 무슨 이야기를 들었는지 잊어버려 내게 다시 이야기하라 하면 이미 머릿속은 백지 상태다. 시간에 쫓기다 보니 가이드의 말은 빠를 수밖에 없었고 받아 적는 것 또한 한계가 있었지만 그래도 간간이 들여다보면 생각나지 않을까 싶다. 그럴 줄 알았더라면 녹음기 하나 준비해 갈 걸 하는 아쉬움도 있었다.

이제 나는 간간이 가슴에 담아왔던 그 많은 장면을 조금씩 꺼내놓겠지, 그리워하며 다시 가고 싶어 하면서……

이전엔 막연한 생각으로만 가지고 있었던 여행, 어디로 가든 어느 나라로 가든 분명 느끼고 배우는 것들이 다르다는 것을 더 절실하게 와 닿던 것 같다.

가슴으로 느끼는 설렘이 있을 때 생각만으로 멈추지 않고 행할 수 있는 용기도 필요한 것 같다. 그리고 건강할 때 다녀야 한다는 말 절실하게 공감하고 또 공감한 말이다. 진통제로 버티며 다녔던 7일간의 행보들, 조금 더 일찍 나 스스로 찾지 않았던 건강함의 후회됐던 시간이었다.

설렘이 있고 건강할 때 다니라는 말!
이건 정말 공감 가는 말이다.

여행을
다녀온 후

○
○
○

맑은 공기가 온몸을 휘감고 도는 산뜻한 바람은 살갗으로 느끼는 것이 다가 아니라는 것을 언제 느껴 보았을까 싶다.

코끝을 스치는 바람이 마음 까지 누그러트린다는 말이 맞을까! 힘듦을 이겨낸 성취감 같은 것에서 오는 것일까!

산이라고 다 같은 산이었을까,
비록 몸은 힘들어 몸속 작은 근육들조차도 놀래서 근육통을 앓고 있지만 내겐 나름대로 다시 생각하게 되었던 계기가 된 것이다.

가장 크게 생각난 것이 가족이라는 울타리였다.
가족, 나와 피를 나눈 가족이라 할지라도 남보다 못한 관계를 맺으며 지내는 집들이 의외로 많은 것 같다.
바쁘다는 핑계로 멀리 있다는 핑계로 등한시하게 되더라도 마음이 한결같으면 무엇이 문제가 될까.

누구 하나 아프더라도 걱정해 주는 마음

누구 하나 힘들다 하면 걱정해 주는 마음

맛있는 거 있으면 나눠 먹을 줄 아는 따뜻한 마음

그것이 가족이라는 것을 너무도 잘 알고 있지만 사람이라는

것이 그렇지가 않다는 것 또한 사실이다.

언제부터인가 변하는 사람들의 생각

언제부터인가, 가족이라는 개념조차 없는 사람들

삶이 현실이 그렇게 만든다지만 것보다 배우자의 영향이 더 큰

것이 아닐까 그리고 배우자의 잘못된 선택과 판단력에 흔들려

돌이킬 수 없는 상황을 초래하는 것 또한 두고두고 본인 가슴

에 대못을 박아 좌불안석인 삶의 길을 가는 사람들……

말은 마음을 비워야 한다고 하고 말은 내려놓아야 한다고 한

다. 하지만 가슴에 맺힌 것이 많은 사람한테는 그 말조차 머리

를 무겁게 하는 것이 아닌지 모르겠다.

말은 여유로워지자 하지만 돌이켜 생각해 보면 어쩌면 그것도

아픔이 극에 치달아보지 못한 사람들의 말이 아닐까는 생각이

들기도 한다.

며칠 전 이틀 동안 여행 도중 산속에 앉아 몸은 밥을 먹고 사

진을 찍어 주면서 머릿속은 전혀 다른 생각들로 그 짧은 시간에도 머리는 거미줄을 쳐 놓은 것처럼 얽히고 설 켜서 마음을 무겁게 또는 정리하게 해 주기도 했던 것 같다.

위에 말했듯이 피를 나눈 가족은 배우자가 어떤 성향을 가지고 있느냐에 따라서 달라진다는 것이고 그렇지만 꿋꿋하게 자기 생각대로 자신이 무엇을 잃을 것인지를 생각해야만 관계가 지속할 것인지 무너질 것인지 판단을 해야 하는 몫이기도 한다. 그것이 비단 가족들과의 문제는 아니다. 사람과 사람이 만나는 것에도 같은 맥락으로 봐야 하는 것이 아닌가는 생각도 든다.

그렇다면 나는 어땠을까!
나는 모든 관계에서 행실이 올바른 사람이었나!
나는 가장 가까운 사람들에게 어떤 사람일까!

맑은 공기를 마시고 소중한 사람들과 마음을 나누기 위해 다녀온 여행이었지만 또 다른 일들을 생각하게 했던 여행, 나름대로 마음을 정화 시키는 것도 있었고 오히려 마음을 어지럽히기도 했다.

남들은 그렇게 떠난 여행에서 얻어지는 것이 머리가 맑아지고 무언가 결정 할 수 있는 계기가 된다고도 하는데 내겐 여행을 다녀온 후가 더 마음이 복잡해진 것 같은 생각이 든다.

  그래도 잊을 수 없었던 여행의 진미, 산속에서 바라보았던 자작나무 숲길은 잊을 수가 없다.

올해 마지막으로 보게 될
고양대로 길(구. 소개울)

○
○
○

2015년 마지막 여름을 보낼 농촌 풍경,
이곳에 올 하반기부터 공사를 시작해 아파트 단지 3000세대
가 들어온다.
정겨운 풍경,
바라보고 있으면 훈훈한 정이 새록새록 묻어나는 농촌의 풍경
개구리 울어대는 소리,
반가운 손님을 몰고 온다는 까치 소리,
이름 모를 새들의 합창 소리,
딸 딸 딸 거리는 경운기 소리

정자나무 밑에서 옹기종기 모여 앉아 수다 떠는 아주머니들,
가구점 앞에서 밀크커피 또는 담배를 피우는 아저씨들
동네를 후 비벼 돌아다니는 길냥이들,
우리 안에 가둬 답답하다고 짖어대는 진돗개들
동네 소개 천 길섶에 수많은 야생화,
때도 아닌 잠자리가 수없이 날아다니던 모습

미꾸라지 잡는다고 동네 오빠들과 친구들이 다녔던 소개 천,
깡통에 불 지펴 불놀이하던 대보름,
한가위 추석이 되면 농민 위안의 밤을 준비하느라 연습하던
일, 이맘때쯤이면 똬리를 하고선 새참을 머리에 지고 나르던
아주머니들, 꼬맹이들 이불에 지도 그렸다고 머리에 키를 뒤집
어씌우고는 이웃집에 소금 얻으러 다녔던 그 시절도 있었다.

화단에 있던 나보다 작았던 나무들이 어느새 지붕을 넘어 훌
쩍 커버려 고개를 들고 바라보아야 하는 소나무, 목련 나무,
은행나무, 벚꽃 나무, 버찌 나무, 단풍나무, 사철나무 등등….
이 모든 것들이 올해로 마지막 모습이 되어 20여 년을 이곳에
서 아이들을 키우며 보냈는데 아직은 실감이 나질 않지만, 시
간이 지날수록 더 정이 가고 안 보이던 것들이 눈에 하나씩 들
어오는데 마지막이라고 생각해서 인지 가슴 한 켠이 싸아한
것이 아쉬움이 있다.
아마도 이곳에서 태어나면서부터 지금까지 살아왔기 때문에
더 하겠지!
유년 시절 등하교를 늘 걸어 다녔던 잊지 못할 추억들이 많다.
시대의 변천사로 인해 그 시절에 살았던 그 모습 그대로 꿈에
서라도 가보고 싶다는 고향이라는데 나 역시 시간이 꽤 많이
흐르면 그리워하겠지…….

외로움에 가슴이 헛헛했을
그 마음 누가 알아줄까

○
○
○

그 기분을 뭐라고 표현해야 할까! 웃고 있어도 헛헛한 가슴을.
말을 하고 있어도 돌아서면 무슨 이야기를 했는지 가물거리는
허한 가슴.

명절이면 온 가족이 모여 다과상이나 게임 또는 화투로 삼삼
오오 모여서 도란도란 이야기꽃을 피우며 즐겁게 지내기도 하
는 설 명절에 정다운 목소리가 가슴을 뭉클하게 한다는 것을
처음으로 가슴 절절하게 느껴보았고 아니 가슴이 아팠다고 하
는 것이 맞을 것 같다.

231

시댁의 젤 큰 시숙님 내외분이 젊은 나이로 돌아올 수 없는 먼
곳으로 여행을 떠나시면서 유족으로는 딸 셋과 막내아들을 남
겨놓고 그래서 두 분 기일이면 조카들이 모여서 제사를 모셔
서 괜찮은데, 명절이면 막내아들과 막내딸만 저녁에 차례를 지
내는데 조카가 많이 외로웠던가 보다.

이번 설날은 우리 가족들이 이 조카 집으로 가게 되었는데 조카들이 다 모여 있어서 집안이 북적북적해서 너무 좋아한다. 조카사위들과 내 아들까지 앉아서 술 한 잔씩 기울이는데 조카가 매형들도 다 오고 작은 엄마 가족들까지 다 와서 너무 좋았는지 술기운이 돌아 내 아들한테 자고 내일 가라고 하면서 좋아 어찌할 줄을 모르는 모습을 보면서 가슴이 많이 아프고 얼마나 외로웠고 쓸쓸했을까 싶은 생각에 안쓰럽기까지 한다.

이 조카는 만날 때마다 꼭 끌어안아 주었더니 볼 때마다 이제는 자동으로 와서 안아주면서 인사를 한다. 참 정이 많은 조카인데 일찍 부모님을 여의고 누나들 틈바구니에서 그래도 씩씩하게 살아주어서 얼마나 대견한지 그래서 볼 때마다 더 안아주곤 했었다.

어른들께 예쁨 받는 것도 자기 할 탓이라고 늘 입버릇처럼 말했다. 조카들한테 내가 너희를 아끼고 예뻐하는 건 너희가 그렇게 하니까 내가 작은 엄마 노릇을 하는 것이라고…

조카 집에서 늦은 시간에 나와 집으로 돌아오는 길에 조카들 마음을 헤아리게 되었던 부모님의 빈자리, 나는 그래도 나이를 먹고 부모님께서 떠나셨지만, 이 조카들은 20대에 부모님

께서 다 떠나셨는데 그 많은 시간, 빈공간들이 얼마나 힘들고
아팠을까 싶은 마음에 가슴 한 켠이 먹먹해서 그 아이들 앞에
서는 나의 아픔을 그나마도 내색하지 말아야겠다 싶은 마음이
다. 그래서 상대의 마음이 얼마나 아프고 힘든지 내가 겪어봐
야 안다고 하나보다.

외로움은
누구나 느끼는 거야

○
○
○

혼자 견뎌내기엔
버거운 외로움이라고 말을 하기도 하지
누구나 가슴에는
헛헛한 마음을 안고 살지만, 표현을 안 할 뿐이야.

살다가 힘들어 죽고 싶다고
말하는 입버릇이 더 힘들게 한다는 것을
알면서도 무의식중에 말하게 되지만
그럴수록 헤어 나오기 힘들다는
것을 느끼지 못하면 그 뒤에 오는
모든 것들이 무력감을 동반하고
비관적으로 보이는 우울증에 빠지게 되더라.

누구라도 위로해 줄 수 있는 건
그 시간뿐 돌아서면 다시
나 혼자라는 외로움에 눈물이 나더라.

외로움을
달랠 수 있는 너만의 방법이 있을 거야
그것이 무엇이든 네 마음이
동요가 되는 것이라면 참 좋겠다.

미국의 철학자이자 심리학자
윌리엄 제임스의 말 중에

"행복을 얻는
단 하나의 방법은 자기의 기분을
마음대로 움직일 힘을 기르는 것"

요즘 이 글을 수시로 읽으면서
나도 나 자신에게 최면을 걸기도 해.
더불어 외로움도
내 마음을 조금씩 움직이며
그 외로움조차도 즐기는 방법을
찾게 되는 것 같아.

외로움은 누구나 느끼는 거야.
다만 극복하는 건

너의 몫이라는 것이 가장 힘들지만
그것 또한 생각과 행동을 바꾸면
얼마든지 이겨 낼 수 있을 거야.

우리는 혼자가
아닌 더불어 함께

○
○
○

말을 하지 않아도 표정으로만 감지하여 힘들구나. 말해주는 사람이 옆에 있다면 잠시 쉬어 가고 싶어집니다.

어디론가 훌쩍 떠나고 싶어질 때 친구가 어떻게 알았는지 우리 여행 다녀오자 말해주면 아무런 준비 없이 떠날 수 있는 친구가 있습니다. 며칠을 아파서 누워 있으면 먹고 싶은 거 없느냐면서 잘 먹어야 견딘다면서 걱정해 주는 사람이 있습니다.

마음이 동요되는 느낌으로 써놓은 상심의 글을 보며 메시지로 무슨 일 있느냐고 묻는 든든한 한마디로 풀어 주며 언제나, 늘, 한결같이 당신 팬이라는 글을 보내주는 따뜻한 사람이 있습니다. 심술이 잔뜩 나서 투덜거리고 싶을 때 얼굴을 마주 보고 있지 않아도 폰 너머로 짜증을 부려도 받아주고 다독여 주며 기분 전환을 시켜 주는 사람이 있습니다.

산다는 것에 회의를 느낄 때 자신감을 잃어가고 있는 내게 용기와 희망을 안겨주는 사람이 있을 때 지친 영혼이 다시 재충전하게 됩니다. 그래서 우리는 혼자가 아닌 더불어 살아가는 것이라고 하나 봅니다.

다른 듯, 같은 듯 사는 것이 다 비슷한 것 같으면서도 다르다.

사랑하는 방법도 사랑을 받는 방법도 사람마다 원하는 것이
다르다.

음식을 찾는 입맛도 한식 양식 중식 퓨전으로 다르다.

노래를 부르거나 듣는 것을 좋아하는 것도 다르다.

책을 읽는 사람 책을 읽지 않는 사람, 글쓰기를 좋아하고 글쓰
기를 싫어하는 것도 다르다.

측은한 사람을 바라보는 시선도 보는 사람에 따라서 다르다.

말이 거친 사람, 말을 걸러서 예쁘게 하는 사람도 성품이 다르
다. 무뚝뚝한 사람, 재치가 있는 사람, 자상한 사람, 다정한 사
람들도 표현하는 방법이 다르다.

받을 줄만 아는 사람, 주는 것을 좋아하는 사람, 받은 만큼 돌
려줘야 하는 사람이 있듯이 사람마다 다르다.

선행을 아름다움으로 하는 사람, 마지못해 하는 사람, 남 잘되
는 것을 좋아하는 사람, 남 잘되면 나의 일처럼 기뻐하는 사람
은 마음가짐이 다르다.

이렇게 같은 하늘 아래 살고 있으면서도 비슷한 듯 다른 듯 우리는 그렇게 살아가고 있다.

가는 길은 다르더라도 목적지는 같은 곳이라고 말하지만, 오늘 문득 정말 그럴까는 생각이 든다.

내가 궁금한 건 목적지가 같은 곳을 바라본다면 좋은 마음으로 한 사람이 돌아가더라도 정상에 꽂아 놓은 인생 최대의 목표 지점에서 만나면 될 것을 그 길이 아니라고 올바른 선택의 길이 아니라고 자기 뜻만 밝히는 사람들은 무엇이 옳은 것인지 확신하고 하는 말일까!

어르신들 말씀이 틀린 것이 없어서 뒤늦게 깨달아지는 것도 있지만 같은 세대에서 같은 시간을 걷고 있는 사람들이 훈수를 두는 것도 어느 정도이어야 하지 않나 라는 생각도 든다. 물론 생각이 깊고 현명하고 옳고 그름이 올바른 사람이라면 조금 다르다는 것은 인정한다.

누구를 만나든 어디를 가든 사람들이 모여 있는 자리에서 우리들의 사는 이야기들을 들어보면 나만 그런 것이 아니구나. 혹은 그럴 수도 있구나 하면서 웃기도 하고 배우기도 하지만 나는 솔직히 어느 것이 정답인지 어느 길로 가야 하는지 누가 괜찮은 사람인지 누가 진실한 사람인지 지금도 파악하기가 어려울 때가 있다. 하지만 참 아이러니하게도 내 느낌과 딱 맞아 떨어질 때가 가끔 있어서 나 자신도 놀랄 때가 있다.

그런데 요즘 나이를 먹어 가면서인지 아니면 마음이 여유로워진 것인지 것도 아님 포기하는 것들이 많아져서인지 나 스스로 제각기 다른 성품과 성향을 내 틀에다 넣고는 짜 맞추고 있다. 그것이 얼마나 위험한 것인지 알면서도 그 순간만큼은 머리 복잡한 것이 싫고 다른 일들도 많은데 그런 것까지 신경 써야 하나 싶은 생각에……

우리들의 사는 이야기,

이 넓은 세상에 같은 시간대에 한 치의 오차도 없이 나와 똑같은 생각을 하고, 똑같은 일을 하고 사는 사람이 몇이나 있을까.

하루 24시간이라는 시간을 나와 오롯이 공유하는 사람은 없다. 그럼에도 불구하고 너에 대해서 다 알고 있다고 말하는 사람은 어떤 근거와 확신하고 말하는 것일까.

우쒸~
죽을 뻔했네

생각하고 싶지도 않은 끔찍한 일을 당할뻔했다. 한참 동안 진
정이 안 돼 우황청심환을 사 먹을 정도였으니까.
사건의 발단은 일산방향에서 인천 방향 쪽으로 가다가 인천
공항 체인지를 막 지나서 일어났는데 지금 생각해도 어이가 없
고 그 1톤 봉고차 운전사의 얼굴이 궁금하다. 그런데 그 많은
차가 왜 그냥 갔을까 누가 뭐라 하는 사람이 한 사람도 없었다
물론 나도 너무 놀래서 그것까지는 생각 못 했던 상황이다.

무슨 배짱으로 그따위로 가구를 싣고 다니는지, 장롱을 세 짝
은 앞쪽으로 붙이고 그 뒤에 아마도 삼단 서랍장이 아닌가 싶
은 것들이 있었는데 외곽순환도로의 그 부분쯤에 도로 공사
를 해서 차들이 밀린 상태에서 조금 벗어나 도로가 뚫리자 속
도를 조금씩 내면서 이 문제의 1톤 차가 내 앞으로 가서 차선
을 변경해야겠다 싶었는데 이상하게 그냥 뒤따라가고 싶어서
망설이는데 그 순간 내가 비키려던 2차선에 장롱 한쪽이 떨어
지더니 완전히 분해되면서 조각들이 날리는데 순간적으로 뒤

돌아볼 엄두도 못 내고 브레이크를 밟고 판자때기 들이 날아오는 방향을 주시하는데 다행히 내 앞에서 한 조각이 멈추긴 했지만 뒤따라오던 승용차가 내 차에 접촉 사고를 낼 뻔했다.
정말 머리가 아찔하고 심장이 두근거리고 등에서 식은땀이 흐르는데 시어머님 병원에 도착한 지도 한참 되었는데도 가라앉지를 않는 것이다. 머리도 아프고 속도 울렁거린다. 블랙박스에 차 번호 찍혔을 텐데 잡아서 얼굴이나 봤으면 좋겠다.

그 상황에 그 차에 실린 장롱을 보니까 밑에 부분만 동여매고 있던데 그 기사 양반은 무슨 배짱으로 그따위로 차를 몰고 갔을까 아마도 내가 2차선으로 옮겨갔으면 대형사고에 몇 중의 추돌 사고가 났을 것이다 뒤따라오던 차들이 급정거하고 비켜가긴 했지만 정말 아찔한 순간이었고 두근거리는 심장이 가라앉지를 않는다.
어찌나 성질이 나던지 그 순간에 욕이 그냥 튀어나오더라는, 더군다나 깡그리 잡아서 이런~ 썩을 놈들 운전을 처음부터 다시 시켜야 한다면서 면허증 다 반납하라 하고 정신교육부터 해야 한다는 둥 이러면서 혼자 구시렁구시렁… 그렇다고 모두가 그렇지는 않을 테지만, 짐을 싣고 다니는 차들은 꼭 다시 한번 확인 좀 했으면 좋겠다.

목숨이 위태로운 운전은 본인뿐만 아니라 다른 운전자들까지
도 위협을 한다는 것을 모르는 것일까 아니 분명 귀찮기도 하
고 설마 내 차가 하는 위험한 생각을 한다면 그 설마 가 여러
사람 목숨 걸어갈 수도 있는데…….

오늘로서 세상 구경 다시는 못 할 줄 알았다.
SNS에 글을 올리고 별일 없으시냐고 글로서 인사를 하는 것
조차 참 감사한 시간이다.

우연한 계기로 알게 된
중년의 신사

○
○
○

어떤 분에게서 내 수필집 1집을 건네받았다는 중년의 신사분.
받으면서 책을 주신 분이 이 책을 읽으면 어릴 때 자라 온 추
억들이 새록새록 떠오른다면서 공감 가는 부분이 많을 거라는
이야기를 듣고 책을 읽으면서 잊고 있었던 우리의 것을 찾는
기분이 들었다고 한다.
아마도 수필집에 있었던 이야기들이 아픔을 극복하고 있는 그
분에게는 자양분이 되었던 모양이다.

하루애라는 사람에 대해 궁금해져 생소했던 카카오 스토리를
열면서 책을 주신 그분의 스토리를 통해 타고 들어 와 글들을
접하면서 쪽지를 보내셔서 대화하게 된 분이다.
이런 우연이 있을까 바로 옆 동네에 살고 계시는 것이다.
느낌으로는 나보다 한참 연배가 있을 것이라는 느낌이 들었지
만, 그분이 보내신 톡 중에 이런 글이 있었다. 세상이 다 아름
다워 보인다는 글, 그건 분명 그분에게 아픔이 있었다는 것이
다. 내가 그랬으니까.

그렇게 인연이 되어 동네 커피숍에서 길지도 짧지도 않은 한 시간 동안의 만남을 가졌지만, 커피숍에서 처음 얼굴을 보면서 저분 많이 아프시구나 하는 것을 단박에 알 수 있었다. 몇 분 동안 대화를 주고받으면서 살며시 건넨 나의 한 마디,

"혹시 선생님 어디 아프세요?"

"왜요?"

"아니 얼굴을 뵙는데 아프다는 것이 제 눈에 보여서요."

"그런 것이 보여요? 네 맞아요. 하지만 지금은 완치 중이에요."

"어디가 아프세요?"

이분의 말씀을 들으면서 가슴이 철렁했다.

간암 말기였는데 아드님이 간 이식을 해주어 지금은 완치 중이라고 하신다.

일 년을 병원 생활하면서 느낀 것이 많고 삼 년 동안 아무것도 할 수 없었으면서 간암에 대한 공부를 많이 하셨던 모양이다. 지금은 모 병원에서 간암에 대해 강의도 하신다 한다.

아프면서 세상을 다시 보게 되고 소중하지 않은 것이 없고 모든 것이 아름답게만 보인다고 하시는 말씀을 톡에서 비쳤을 때, 그 글에서 난 무언가 심상치 않은 일이 있었다는 것을 직감했지만, 그것이 병으로 인한 아픔이라고는 상상도 하지 못한 것이다.

간암으로 치료를 시작하기 전엔 대기업에 상무로 계셨다고 한
다. 암 치료를 위해 병가를 내고 수술을 받고 치료를 받으면서
사표를 냈지만, 회사에서는 그분께 고문이라는 자리를 내 줘
일주일에 두 번 출근하신다고 한다.

그 기간이 끝나면 단양에서 커피숍 겸 레스토랑을 운영하시려
고 지금 내부를 인테리어 하고 있고 외부는 그분이 직접 하셨
다면서 사진을 보여 주시는데 외관상으로는 전통찻집 분위기
가 느껴지기도 한다. 제2의 삶을 그곳에서 새로이 꾸려 나가시
면서 하고 싶었던 것들을 하시려고 하는 것 같다.

올 7월쯤 완공된다면서 초대장 보내줄 테니까 지인들과 꼭 오
라는 말씀도 하신다.

커피숍에서의 그 짧은 시간 동안 참 많은 대화를 주고받으면서
내게 건네준 쪽지 하나.

"이게 뭐예요?"

사실은 책을 읽으면서 자필로 쓴 편지를 받아보고 싶다는 내
용이 있어서 몇 줄 안 되지만 써보았다면서 건네주는 그분의
마음이 참 감사하다.

내용인즉슨,

책에서 글을 읽는데 사람을 끌어들이는 마력이 느껴지기도 했

지만, 책의 내용과 톡을 주고받으면서 느꼈던 이미지와는 매체가 안 된다는 것이다. 분명 성격은 밝고 쾌활하고 장난기도 느껴지는데 책에서는 그런 이미지는 느끼지 못했다는 말씀을 하시면서 만나보니 글을 주고받았던 이미지가 맞는 것 같다는 말씀도 하신다.

(내가 성격이 이중인격인가라는 생각을 잠시 해보았지만 건 분명 아니라고 자신 있게 말할 수 있기도 하다.)

책 속의 글 중에 사람의 평가는 함부로 하는 것이 아니라는 말에 전적으로 공감한다는 말씀을 하신다. 그건 아마도 나와의 톡과 짧은 만남을 가지면서 느끼신 것 같다.

헤어지면서 하시는 말씀이 글을 읽으면서 생각과 마음이 많이 정화되고 앞으로도 좋은 글, 공감 가는 글들을 부탁한다는 말씀과 고맙다는 인사까지 정중하게 하신다.

마음을 다해 응원하겠다고 모든 사람에게서 사랑받는 작가가 될 거라면서 힘을 실어 주신다.

내게 멘토를 해주시는 분이 그랬었다. 어찌 되었든 공인이고 항상 조심하라는 말과 함께 어디서든 누군가가 알아볼 수도 있으므로 행동 조심하고 말조심하되 많은 것들을 보고 듣고 경험해야 글을 쓰지만 늘 염두에 둬야 한다는 말씀을 해 주셨기도 했지만 나 자신이 낯가림이 심해서 사람을 것도 모르는 사람을 만난다는 것은 하늘의 별 따기와도 같은 것이어서 나 자신도 놀란 변화이기도 했다.

그분을 만난 건 며칠 전 일이었지만 한 번씩 내게 톡을 보내신 다. 글의 소재거리로 좋은 내용을 주시기도 하고, 많은 독자가 당신처럼 응원하고 있으리라는 것을 잊지 말라고까지 하신다. 세상을 다 가질 수는 없어도 좋은 사람을 만나고 공유하는 것 도 작가에게는 큰 도움이 될 것이라는 말씀도 함께……

간암을 극복하고 있는 그분께 진심으로 감사의 인사를 직접 하지는 못했지만 이렇게 지면으로라도 전해드리고 싶다.
글을 쓰고 있다는 것에 새삼스럽게 감사함을 느낀다고 더불어 꼭 간암 완치하셔서 행복한 삶을 누리셨으면 좋겠다는 말씀도 전해 드리고 싶다.

위기의 중년

○
○
○

우리 세대는 중년이 어느 나이를 이야기하는 것인지 가늠을 할 수가 없는 거 같다. 예전 같으면 40~50대가 중년이라 했는데 지금은 평균 수명이 길어지면서 중년이라 하는 나이를 어느 나이라 해야 하는 걸까, 50~60대가 중년일까 또 어떤 사람들은 50대도 청춘이라 한다. 100세 기준으로 해야 하는 거 아니냐면서 하지만 100세까지 사는 건 좋은데 정년 퇴임 나이도 있고 우리 기성세대들은 자식들 뒤치다꺼리 하다가 정작 내 노후 생활 자금은 미처 마련하지 못한 경우가 많은데 그렇다고 자식을 의지하는 세대도 아니다. 부모를 모시는 마지막 세대이고 자식에게 버림받는 첫 세대라는 말도 있다. 갈 곳이 없어서 집에서 시간 보내거나 거리를 배회하거나 어느 특정 지역에서 시간을 보내는 모호한 나이의 중년들이 참 많다고 한다.

남 이야기가 아니다. 내 향후를 생각해보면 내 모습이 그려지지 않는다. 과연 나는 노후에 무엇을 하고 있을까 여유롭게 여행은 다닐 수 있을까 건강하게 살아갈 수 있을까 싶은 생각이 작년 다르고 올해 다르고 하는 거 보면 내게도 남 일 같지 않은 일인가 보다.

청춘을 보내고 기력을 다 쇠진해서일까 아니면 살아온 시간이 허무해서일까, 축 늘어진 어깨와 힘없는 발걸음으로 걷는 모습을 보면 이제는 그 모습이 짠하고 안쓰럽기까지 한다. 정말 열심히 살았다고 생각해서 위안을 받아야 할 그 타이밍도 잘 맞아 떨어지면 좋은데 스스로 비관하고 있을 때 느끼지 않았으면 좋겠다. 중년들의 위기가 남 이야기가 아닌 내 이야기일 수도 있다는 생각에 기분이 씁쓸해진다.

사람 일이란 언제, 어느 때, 어떻게 될지 아무도 모르는 삶이니까…

이것만으로도
나는 힘들고 아프니까

○
○
○

남의 말 하기 좋아하는 사람들,
사실의 정의가 무엇인지 모른다면 함부로 이야기를 옮겨서도
안 되고 한쪽 말만 듣고서 일방적으로 독설을 퍼붓는다면 그
상대는 치유할 수 없는 상처로 오히려 더 큰 증오심을 갖게
된다.

진실의 정의를 모른다면 들었어도 모른 체하거나 아니면 차라
리 까놓고 왜 그랬냐고 묻는다면 오히려 당한 당사자는 더 고
마워하지 않을까.
나의 일이 아니라면 함부로 말을 옮기지 말아야 한다는 것은
살면서 기본으로 갖추어야 하는 사람의 도리가 아닐까.

한쪽 말만 듣고 일방적으로 퍼붓는 사람, 어느 쪽이 진실인지
알고 있으면서 사탕 하나라도 더 얻어먹기 위해 알고 있으면서
도 모른 채 듣고 있는 사람, 남의 가정사가 어떻게 돌아가고 있
는지 진실을 알지도 모르면서 당사자들한테도 아닌 타인에게

못됐다고 싹수없다고 확성기에 떠들지 않을 뿐이지 욕을 하는 사람, 싸움을 붙이겠다는 건지 당한 사람은 화를 누르며 참고 인내하고 있는데 오히려 옆에서 불씨를 만들어 싸움을 가중시 킨다면 나로서는 오히려 그 사람한테 더 큰 화로 그동안 참았 던 한계를 버티지 못하고 감당할 수 없는 상처와 다시는 함부 로 말을 하지 못하게 하고 싶어진다.

그런 사람들이 대부분 내 앞가림도 못 하면서 입을 가만 놔두 지를 못하는 것 같고, 그렇게 살다가 주워담을 수 없는 화를 자처해 세상과 사람들과 어우러져 살지 못하는 어둠의 밀실, 내 안에 나를 가두어 놓고 살게 되지 않을까.

왜? 나의 일도 아니고 진실이 어떤 것인지도 모른 채 떠들어 댄 대가는 반듯이 치러야 하니까……

내 얼굴에 내가 침 뱉는 거 같아서 이야기를 안 하고 간신히 참고 있는데 옆에서 진실의 정의가 무엇인지도 모르면서 오히 려 상대방이 모함하고 있다는 말을 전해 들었지만 나도 사람 인지라 내 한계가 어디까지 인지 나 자신도 궁금해진다.
잔잔한 가슴에 돌을 던지는 말은 인제 그만, 이것만으로도 나 는 힘들고 아프니까……

이미지
실추

O

O

O

아담한 커피숍에서 자리 잡고 앉아 커피의 향기로 분위기를 만들어 볼까 싶어 모처럼의 여유를 갖고 코끝으로 다가간 커피 한 모금은 향기를 맡고, 두 모금은 마음을 달래고, 세 모금은 그리움을 떠올리고, 그리고 네 모금 째 음미하려는데 훈남의 신사가 세 명이 들어와 자리를 잡고 앉기가 바쁘게 시끌벅적 정신을 쏙 빼놓는 남자들, 말없이 들어설 때는 웃는 미소가 참 멋있다 했는데 외모만으로 사람을 판단하는 것이 아니라고 했던가 그 말이 딱 맞는 말이다.

커피의 향도 바로 전에 맡았던 그 향이 아니고 커피 맛 또한 방금 마셨던 그 맛이 아니다. 텁텁해져 버린 커피, 쓰디쓴 맛으로 변해버린 커피.

어쩌란 말인가, 커피값을 물려달라고 할 수도 없고 그렇다고 훈계를 할 수도 없는 어른 아닌 어른들, 난 정말 이해 할 수 없는 남자들의 언어에 대해서 궁금해하지 않을 수가 없다. 나이가 어린 10대 아이들도 아무렇지 않게 쌍스런 단어들이 마구 튀어나오는 것도 정말 보기 싫은데 하물며 곱게 멋있게 차려입고 게다가 얼굴까지 잘생긴 훈남이 말끔 마다, 욕은 기본이고 싫증 난다느니 뭣 같다느니 육두문자가 아무렇지 않게 마구 튀어나오는 겉만 번지르르한 이 남자들 왜 그러고 살까, 왜 스스로 이미지 실추시키고 살까, 것도 공공장소에서 말이다.

생활이라는 공간에서 삶이라는 공간에서 아이들과 함께 있어도 육두문자를 마구 날릴까 그러면서 아이들이 그런 말을 하면 버르장머리 없다면서 말하기 전에 자신의 언어에 대해서 생각은 해봤을까 물론 살다 보면 고운 말, 바른말만 쓴다는 것이 쉽지는 않다 나 역시 사람인지라 거친 말을 하기도 하지만 그래도 때와 장소는 가려서 하려고 노력하는 편이다.

가는 곳마다 아이들의 거칠어진 단어, 어른들의 장소 불문하고 튀어나오는 거칠어진 단어들, 한 번쯤 되돌아서서 자신이 했었던 행동과 말들을 생각해보는 좋은 계기가 있었으면 좋겠다. 내가 왜 그랬는지 내 이미지가 어떻게 표현이 되고 다른 사람들한테 어떤 인상으로 각인되는지……

외적인 단정함보다 내적인 충실함이 있는 사람은 어느 곳을 가든 그 사람의 진솔한 삶의 향기가 느껴지는 멋진 사람으로 보인다.

맛과 향을 다 무색하게 만든 커피였다.

이웃집 아저씨
아니 가구점 대표님

○
○
○

처음 가구점이 동네로 들어왔을 때는 여기서 무슨 장사를 한다고 들어왔을까 싶어 사장님이 좀 독특한 분 인가보다 했었다. 그렇다고 도시에서 가구점을 운영하는 깔끔하고 정갈한 사장님의 그런 모습은 아니다. 아마도 이 사장님 양복을 입은 모습은 한 번도 본 적이 없지 싶다. 분명 가구점 사장님은 맞는데 오히려 농사를 짓고 있는 농부 아저씨가 더 어울리는 분이다.

얼마나 부지런하신지 잠시도 쉬지 않고 계신다. 가구점 앞 텃밭에서 각종 야채들을 가꾸며 나눠주기도 하시고, 동네 일은 자기 일처럼 궂은일 마다치 않고 나서서 해주시려 한다.

가끔 스토리를 보면 참가하는 단체 활동이나 봉사 활동도 틈틈이 하신다. 물론 가구점을 운영하기 위해서는 활동을 많이 하셔야 하는 것도 있겠지만 내가 보기엔 이분은 가구점 사장님보다는 농부 아저씨가 더 잘 어울리는 분위기이다. 가구점 지붕이나 텃밭에도 보면 양봉까지 키우셔서 간혹 꿀을 얻어먹기도 한다. 그리고 낚시하시는 것을 좋아하시는지, 간혹 임진강 어디쯤인지 낚시를 해 오셔서는 메기와 털 게를 잡아 오셔

255

서 그것까지 얻어먹기도 했었고, 가끔 어느 날은 가구점 앞마당에서 어느 모임에서 오는지 작은 파티를 열면서 삼겹살을 구워 먹기도 생선을 숯불에 구워 먹기도 한다. 간혹 가구점 앞을 지나갈 때 사장님이 없어도 들어가 밀크커피 한잔 타가지고 나와서 가던 길을 갈 때도 있지만, 그 자체도 부담이 없을 만큼 사람을 참 편하게 해주신다. 그래서 가구점 마당은 몇 가구 안 되는 동네 사랑방이기도 하다.

가구점을 운영하면서 그렇게 부지런하게 움직이는 그 모습이 간혹 참 대단하다는 생각이 들기도 하고, 대내외적으로 움직이는 반경이 생각보다 넓으시지만 먹고 살기 위한 수단일 수도 있고, 아니면 그분의 성격이 그럴지도 모르지만 쉬지 않고 무언가를 만들거나 움직이기도 한다. 몇 년 전에는 가구점 안의 가구들을 어느 도둑이 트럭을 끌고 와 가구들을 실어 가버려 그로 인해 실 손이 생긴 부분에 참 많이 힘들지 않았을까 싶다. 지금은 모르겠지만……

그분의 삶을 엮어 나가시는 그 모습에서 저렇게 열심히 사시는데 가구점 잘 되어서 돈 많이 버셨으면 좋겠다는 생각을 들게 하는 그냥 맘 좋은 이웃 아저씨다.

사장님보다 아저씨가 더 잘 어울리는, 그렇지만 그분의 권위와 그분의 생업이 가구점이기 때문에 아저씨보다는 사장님이라는 호칭은 꼭 불러드린다.

이제 괜찮다고
말할 수 있을 때까지

○
○
○

말하기 좋아하는 사람들 아니 남의 일이 더 작아 보이는 사람들, 사람은 내 아픔보다 다른 사람의 아픔이 더 크다는 것을 인지하지 않으려 한다.

세상이 무너지는 듯한 아픔도 나만큼은 아프지 않다고 생각하는 것이 대다수가 아닐까 겪어보지 않은 이상은 그 아픔이 얼마나 아픈지 짐작으로만 위로의 말을 건네준다.

아프냐고 질문하면,

괜찮으냐고 질문하면,

다 해결되었느냐고 질문하면 안 될 것 같은 그런 분위기를 간과看過하지 못하고 생각 없이 주저리주저리 말하는 사람들도 있다.

나와 일맥상통一脈相通하는 사람과 만나 속 시원히 말할 수 있는 사람이 있다는 것만으로도 의지가 되고 위안이 되어 마음이 힘들면 이름을 부르며 찾게 되는 사람이 있다. 내심 나 또한 누군가가 나를 가장 먼저 찾아 주는 사람이 분명 있을 것이라 믿는다. 내가 그러하듯이 간혹 내가 힘들 때 나와 같은 생각으로 힘들어하는 사람이 있을까 하는 생각이 들 때가 있다. 똑같은 상황에서 거의 비슷하게 아파하거나 회의를 느끼는 사람이 있을까는 생각이 들 때는 만약 있다면 그 사람과 나는 앞으로 남아 있는 시간까지도 비슷하게 살아간다면 정말 보고 싶고 궁금할 것 같다. 아마도 외모까지도 비슷하지 않을까.

아픈 마음과 생각이 정리가 안 된 상태에서 누군가에게 서두를 꺼내면서 말하고 싶지 않을 때가 있는데도 불구하고 사람들은 궁금해한다.

자기 자신 일이 아니라고 아픔을 들춰내면서까지 궁금해하는 사람들, 내가 아파서 힘들었을 때를 생각해보자.

아파하는 사람이 "나 이제는 괜찮아졌어." 라고 말해 줄 때까지 여유롭게 기다려주면 안 될까, 그 아픔을 조금이라도 안다면 말이다.

이제 다시
시작해볼까

○
○
○

서로가 가야 할 길은 다르지만, 목적은 같은 곳을 바라보고 사는 것이 맞을 것이다. 하지만 정도의 길이라는 것이 답은 없는 것이다. 왜냐면 일부분은 두뇌 싸움과 심리전이 작용하기도 하고 한편으론 마음이 문제가 아닌가 싶기도 하다.

어떤 삶으로 세상과 맞섰는지에 따라서 생각하는 것들이 다르기도 하지만 생각하는 마인드가 부정적인지 긍정적인지에 좌우되기도 하지 않을까 물론 자라 온 환경도 무시 못 하는 건 당연하지만, 부모로서 해야 할 역할이 상당한 부분을 차지하기도 한다.

좋은 부모와 나쁜 부모가 지녀야 할 자질을 운운하는 그 경계선이라는 것을 본인 스스로 잣대에 올려놓고 내가 생각하는 것이 옳다 여기고 그 기준에서 자녀를 지도한다는 것이 잘못된 방법일 수도 있다는 것이다.

내 생각대로 내 주관대로 살아지는 삶이 아니니까 때로는 잘못된 길을 가기도 하면서 바로 잡아 보기도 하지만 그것도 타이밍이 중요한 거 같다 늦었다고 생각할 때가 빠르다고 이야기를 하기도 하지만 그것도 어쩌면 타이밍이 적절하게 맞아 떨어져 주어야 하는 것이 아닌가 싶다. 이런 것들이 아이를 키우면서 느끼기도 하는 것들이지만 나 자신을 놓고 봤을 때도 느끼는 것들이고 그래서 인성 교육도 무시 못 하는 부분이 아닐까.

죽을 때까지 배워야 한다는 말 물론 절대 공감하지만, 문제는 머리가 안 따라 준다는 것이다. 돌아서면 잊어버리는 단어들, 돌아서면 잊어버리는 어제의 이야기들, 돌아서면 무엇을 했는지 생각나지 않는 것들이 나이를 먹다 보니 수두룩하게 많아진다.

이런 것들로 슬럼프에 빠지면서 겪는 아픔이고 배움이고 지금 이 시각으로 인해서 더 성숙해지는 것이고 이 또한 지나간다고 말한다. 그러면서 나를 다독이고 아이들을 다독이며 주어진 시간을 잘 활용하기 위해 나는 이렇게 말을 한다.

그래 이제 다시 시작하는 거야 하고 말한다.

무수히 반복되는 생각들,
무엇이 문제일까 그래도 나는 힘들더라도 다시 시작해야 한다.
내 주어진 삶을 위해서……

인생은 여행이다

○
○
○

내 인생은 어떤 여행이었을까 하는 생각을 해보게 된다. 물론 누구나 다 행복한 인생이라고 말하지는 않겠지, 살아오면서 겪어야 했던 수많은 일이 있었지만 어떻게 다스렸는지 그것만 조금의 차이가 있지 않았을까 하는 생각이 든다.

요즘 마음이 편치 않으면서 또 다른 생각을 하게 되고 이러면서 적응하기도 배우기도 하나보다 싶고 아주 어릴 때 생각은 잘 안 나지만 유년시절부터 돌이켜 생각해보면 그 나름대로 아픔이 있고 고민이 있으면서 사춘기가 오면 그만의 또 다른 고민이 있다. 지금 생각해보면 그 고민이 웃음이 나오는 사춘기의 고민이기도 한다.

친구들과의 이해관계가 부족해 다투었던 일 지금 생각해보면 이해하고 넘어가고 또 아무 일도 아니었는데 왜 그렇게 민감하게 반응을 했을까 싶기도 해요. 이성에 대해서 눈 뜨면서 갖게 되었던 호기심 사실 고3 때 어느 남학생에게서 장문의 편지를

한 통 받아 본 적이 있었는데 받아서 혼자 조용히 본 편지가
아닌 지금 기억으로는 편지를 친구들과 다 돌려보았던 것 같
다 그 남학생에게는 가슴 뛰고 설레는 짝사랑의 편지였을 것
인데 그 친구의 감정과는 전혀 상관없이 난 느낌이 없었으니까
그 친구한테 미안한 일이었다.

그리고 학교 다닐 때 유난히 히스테리 부리셨던 선생님(?) 그리
고 너무 예뻐해 주시던 선생님 지금은 어디에서 사시는지 궁금
하기도 한 거 보니 그 시절이 그리운 모양이다.

직장 생활하면서 힘들게 했던 상사와 늘 옆에서 도와주려 무던
히 애쓰던 상사 그리고 동료들도 나처럼 이렇게 열심히 잘살고
있겠지! 어디에서들 지내는지……

그리고 결혼하면서 서로 너무 또렷한 성향으로 인해서 잦은 다
툼을 하면서도, 미운 정 고운 정 들어 살아야 하는지 말아야
하는지 고민하면서 잠시 우울증에 시달려 혼자 힘들어하며 견
뎌냈던 나 스스로 대견함으로 버티던 시간, 아이들을 키우면
서 큰애가 유난히 많이 늦었던 행동과 언어로 인해 많은 조바
심과 불안함으로 보냈던 시간과 엄마의 생각대로, 아이들의 생
각대로 이루지 못한 꿈들 이러면서 알게 모르게 나 자신이 성
장해 왔고 어른이 되어 온 이것이 인생과 삶의 여행길이 아니
었나 하는 생각이 든다.

이제 나이 오십인데 더 많은 일이 생기면서 웃기도 하고, 행복하기도 하고, 울기도 하면서 더 열심히 배우면서 그리고 지금까지 해왔던 것보다 조금 더 여유롭게 슬기롭게 대처하지 않을까 지금까지 살아온 시간을 잘 다듬어 힘들었더라도, 아팠더라도 그 나름대로 경험을 바탕으로 그러지 않을까!

시간을 돌이켜 다시 생각해 보면 행복해서 웃기도 하고, 울기도 하면서 보낸 시간이 더 많았으니까 지금 이렇게 이런 글을 쓸 수 있는 것이 아닐까, 지금까지 삶의 여정에서 나를 빛이 나는 여행길로 인도하기 위해 달려온 인생이 앞으로 더 펼쳐질 여행은 홀로 걸어온 길이었다고 생각했었던 그 길이 아닌 나와 함께 숨 쉬는, 나와 함께 아파하는, 나와 함께 행복해할 인생의 달콤함과 아픔을 이제는 초연하게 그리고 편안하게 여행하고 싶다.

인생의
전환점

○
○
○

인생의 전환점이라는 것이 몇 세를 기준으로 말하는 것일까!
아니 어쩌면 어떤 계기가 있어서 그동안 생각해왔던 것들을 뒤
바꾸는 일이 일어났을 때를 말할 수 있다고 할 수 있을까!
생각하고 있었던 일들이 뜻대로 되지 않아 다시 마음 추스르
며 이제부터 다시 시작한다는 마음가짐이 있었다면 그것만으
로도 인생의 전환점이라 할 수 있지 않을까!

타의로 인해서 생긴 전환점,
자의로 인해서 생긴 전환점!
어떤 것이 그 무게가 더 크게 작용을 할까!
하지만 생각해보면 자의로 인해서 생긴 일보다 타의로 인해서
생긴 일들로 인해 많은 갈등을 겪으면서 조금씩 변해가는 것이
사람이 아닌가 싶다.
살던 곳을 예정보다 한 달 정도 일찍 떠나게 되면서 많은 생각
들로, 그래서 더 힘들게 보냈던 시간이기도 했다.

가장 가까운,

가장 믿었던 사람에게서 받는 스트레스와 배신이 지울 수 없는 상처로 가슴 한가운데 크게 자리를 했지만, 그로 인해서 좀처럼 가시질 않는 미묘한 감정을 털어버리려 몸이 힘들고 지치면 잡다한 생각들을 덜 하지 않을까 싶어 스스로 혹사를 한 근 한 달을 어떻게 보냈나 싶은데, 그럼에도 불구하고 상대는 너무도 태연하게 아무렇지도 않은 듯이 지내는 모습을 보면서 아프고 혹사한 그 시간조차도 낭비였고 에너지를 소모하게 했다는 것에 후회하게 된다.

인생은, 삶은,

내가 아닌 다른 사람에게서 얻어지는 것이 아니고 결국엔 내 것이더라는 것을 다시 한 번 느끼면서 서두르지 않았어도 될 일들을 무리하게 진행하면서 몸만 힘들고 지친 상황이 오히려 더 화가 나기도 했지만, 어쩌면 이 계기로 인해서 나 스스로 더 다잡을 수 있을 인생의 전환점이라고 퍼즐 맞추듯이 앞으로 남은 시간을 마음에서 생각에서 그림 그리듯이 하얀 도화지에 한 획 한 획을 그려나갈 수 있는 계기가 되지 않았나 싶기도 하다.

인생이란
그런 거야

힘드니?

사는 것이 힘들다고 입버릇처럼 말하더구나.

견디기 힘드니?

내가 괴롭고 힘들 땐 나만 그렇게 사는 것 같이 보이지만 누구나 다 그렇게 살고 있어.

내가 힘들 땐 아무것도 보이지 않는 거잖아 하지만 정말 네가 매일 매일 힘든 삶을 살고 있다고 생각해 봐 그렇다면 살아갈 수 있을 것 같지 아니야 늘 좋은 일, 행복한 일만 있다고 생각해 봐 그럼 재미가 있겠니.

살면서 고통도 있어야 하고 실현도 있어야 하고 사랑도 있어야 하고 행복도 있어야 하지 않겠니 그래야 나이를 먹어가면서 차곡차곡 쌓아 놓았던 그 시간의 삶이 있는 한 살아 있음을 느끼는 것이 아닌가 싶어.

삶이 자꾸 아프다고 외롭다고만 말하지 말고 지나온 시간을 돌이켜 봐 그럼 지금 아프고 외롭고 힘든 건 아무것도 아닐 수도 있어 지금까지도 잘 견디고 살아왔는데 무엇이 무섭고 무엇이 힘들겠어 이보다 더한 것들도 충분히 견디면서 지혜롭게 살아갈 수 있다는 생각을 하면 되지 않을까.

인생은 우리가 살아가면서 수많은 우여곡절을 겪으면서 살아가라고 주어진 시간이라고 생각해 봐. 그리고 시간이 훌쩍 지나 내가 조금 더 나이 들었을 때, 젊은 친구가 힘들다고 하소연하면 비로소 인생이란 그런 거라고 말할 수 있어야 하지 않겠니 그때 가서 아무런 말을 해 줄 수 없다면 지나간 삶이 무의미한 시간을 보낸 것이 아닐까 는 생각이 들지 않겠니?

이러한 것들이 나이를 먹어가니까 깨달아지는 것들이더라, 그래서 나는 조금 더 나이 먹으면 그렇게 말해 주고 싶어 인생이란 그런 거야 하고……

인연과 Feel이
통한다는 것

○
○
○

"Feel이 통했나 봐"

우리가 흔히 하는 말이기도 합니다.

누구와 함께 교감하느냐가 중요한 것이겠지만 살면서 가끔 누군가의 안부가 궁금하거나 걱정이 될 때 전화를 해 볼까 말까 고민하고 있는데 때마침 전화가 걸려 오거나 문자를 받으면 반가움과 감사함을 느끼는 일이 종종 있습니다.

전에 올렸던 글 중에 제게 양아버지가 생겼다고 했었던 순천에 계시는 양아버지께서 문자를 주셨어요.

"딸 잘 지낼 거라 믿으면서도 노파심 알지? 난 늘 한결같아"라는 문자를 받고 죄송스러운 마음과 감사한 마음이 듭니다.

전화 드릴 시간이 한참 지났는데 감기로 인한 목소리로 걱정하실까 봐 한참 안부 전화를 드리지 못했는데 목소리도 좀 나아졌고 해서 바로 전화를 드려 걱정하셨어요? 감기로 목소리가 나오질 않아 전화를 드리지 못했다고 이제는 괜찮다는 말씀과 걱정 끼쳐서 죄송하다는 말씀을 드렸더니 왜 그렇게 자꾸만 아프냐고 하시면서 건강관리 잘하라고 하시는데 마음이 뭉클해지기까지 합니다.

정情 이라는 것이 그런 가 봅니다.

내가 진심으로 아끼는 사람이 무슨 일이 있으면 생각이라는 것이 무의식중에도 그 사람에게 꽂히게 되는 것은 관심과 애정이 있기 때문이다.

인연을 맺은 시간이 얼마나 흘렀는가가 중요하다고 생각했었는데 그건 아닌 것 같고 짧은 시간이라도 마음으로 나누는 깊은 관심과 애정은 시간과 관계없이 느낌으로 느껴지는 것 같습니다.

어떤 마음으로 인연을 맺어갈 것인지는, 어떤 사람들과 교류를 할 것인지도 한몫을 하겠지만, 부와 권력을 앞세우거나 무언가 얻어내려 하는 계산적인 사람보다 마음이 따뜻한 사람들과 변함없는 인연으로 지속하기를 바라는 건 모두가 같은 마음이라고 생각합니다.

서로 걱정해 주는 인연이 있지만, 인연이라는 고리를 엮어서 상대가 나에게 어떤 이익을 줄 것인지를 먼저 계산하는 사람들도 있어서, 가끔 내가 잘못 본 사람에 대한 실망으로 사람을 멀리하기도 하지만 그래도 제게는 마음이 따뜻한 분들, 친구들이 많아서 고맙고 감사드리고 싶습니다.

여러분이 맺고 있는 인연이라는 기준은 어떤 것인가요?

남성분들이 맺고 있는 인연, 여성 분들이 맺고 있는 인연은 차이가 있지 않을까 싶습니다.

그렇게 인연이 있는 분들과 feel이 통한다는 것 느껴보셨지요?

인연은
만남은

○
○
○

인연이란 사람이 사람을 만나는 일보다 어려운 것이 없을 것 같은 만남인 것 같은 생각을 했었고 또한 내가 끌리지 않으면 쉽게 마음을 열어 보이지 않기도 하고 낯 가림이 있어서 누군가를 만난다는 것 또한 그리 쉬운 일은 아니었다.

더군다나 우연히 만나서 알게 되었거나 소개를 받아서 알게 된 것이 아닌 SNS에서 만난 사람들과 인연을 맺고 만난다는 것 자체가 내겐 커다란 변화는 틀림이 없다. 같은 지역에서 만나 사람들을 만나는 것조차 나갈까 말까를 수없이 망설이며 갈등하던 내 모습은 정말 많이 변화하는 것이 나 자신도 느낀다.

아마도 코흘리개 친구들은 이런 나를 다시 보지 않을까 싶다 번개팅을 해도 당일치기로 여행을 다녀와도 몇 번이 이루어지고 나서야 한번 나가는 나를 보면서 많이 변했다는 이야기를 할 것이다.

주위 반경이 눈 안에 들어와 있는 만남 자체도 그렇게 거리감을 두었던 내가 사람들을 만나기 위해 서울로 나들이를 나가

고 대전으로 나들이를 나가면서 만날 수 있다는 마음과 생각
이 그리고 행동이 정말 많은 나 스스로 변화를 가져온 건 틀림
이 없다.

인연이란 것이 많은 이야기의 글을 나누면서 맺어진 경우는 사
실 그 사람의 마음을 다 읽어 내릴 수는 없다. 다만 느낌으로
다가가고 교감으로 상대방을 읽어 내야 하니까 조심 또 조심하
게 되면서 시간이 지나고 통화를 하게 되면서 가까워진 인연으
로 맺어진 만남이 아닐까 싶다.

그런 내게 먼저 손을 내밀어 주고 챙겨주면서 무엇이든 더 주
고 싶어서 챙겨주려는 그 마음이, 그 따뜻함이 없었다면 아마
도 난 내 마음속에서 경계를 풀지 않는 작은 장벽을 하나쯤은
가지고 있지 않았을까 그것이 낯 가림을 하는 첫 번째 요인이
되기도 했었던 건 아니었을까.

나의 그런 마음들을 정말 많이 지워버리게 한 언니가 또 보고
싶다고 만나자고 한다. 것도 경기도나 서울이 아닌 대전에서의
두 번째 만남이다. 부산서 올라오는 별 언니와 그의 친구분들
이 대전을 정착 역으로 정하여 그곳에서 만나기 위해 오늘도
나는 아침 일찍 부산을 떨며 마음 한 켠에서는 참 대견하고 기
특하다는 생각으로 아침을 열어본다.

참 많이도 변한 성격 그리고 마음!

인연이란 것이 이렇게 쉽게 또는 어렵게도 맺어지면서 그곳이
어디인들 마음이 통하면 만날 수 있다는 것에 오늘은 참 감사
한 마음이 든다.

이제 곧 집을 나선다.

보고 싶고 그리운 사람들과 행복한 하루를 보내기 위해……

인향
만리

○
○
○

자신의 향기가 있는데도 모르는 사람, 아니 알면서도 유독 가까운 사람에게는 그 향기를 전하려 하지 않는 사람, 못나도 그렇게 못났을까.

상대가 가장 가까운 사람임에도 불구하고 함부로 말을 내뱉고는 자신이 무엇을 잘못하고 있는지 모른다. 사람 냄새 폴폴 나는 사람으로 산다면 얼마나 좋을까, 살면서 나 자신에게도 아프고 힘든 상처가 견디기 힘든 것처럼 상대에게도 그런 사람이 되지는 말아야 한다.

본인은 완벽하고 철두철미하다고 말하는 자기 오만으로 참 웃기게도 잘난 것도 그렇다고 따뜻한 면도 없는 일방적인 직행으로 내닫는다. 참 못나도 그렇게 못났을까.

대부분 이런 사람들이 밖에서는 완벽하다고 말하고 자기 할 일 똑 부러지게 한다고 칭찬을 듣지만, 그 사람의 두 얼굴을 가진 가면을 사람들은 모른다. 정작 그 사람이 가장 가까운 사람, 가장 조심해야 할 사람들에게는 어떤 사람인지······.

사람마다 자신이 가지고 있는 능력은 누구나 다 다르듯이 어떤 것이든 인정해 주어야 하는데 자신의 기준에 의해서 다른 사람의 성향이나 성품까지 인정하지 않는다.

이기주의도 지극히 심한 이기주의 성격을 지니고 밖에서는 자상한 척, 보살펴 주는 척하는 이중인격의 소유자를 사람들이 그 사람의 숨겨진 실체를 알 수가 있을까.

이런 사람들이 자기 합리주의에 뒤끝이 없다고 말하는 사람들은 그건 자기주장이지 이미 상대는 상처를 받고 가슴에 하나하나 대못을 박아놓고 언젠가 터질 시한폭탄이라는 것을 모른다.

적당한 수준의 소재거리로 대화하고자 함에도 끝내는 말싸움이 벌어지는 사사건건 말꼬리 잡고 늘어지거나 자기 처지가 난처하다는 생각이 들면 사사건건 태클을 걸기도 한다. 그렇다면

굳이 말을 섞을 필요도 없고 얼굴 마주하며 노력한다는 것조차 무의미한 것이 아닐까. 지성인으로서 말의 본질이 어떤 것이라는 것을 안다면 최소한의 사람에 대한 도리를 저버리지는 말아야 하는 것이 아닌가. 속 빈 강정 또는 안하무인이라면 성숙할 나이도 훨씬 지난 세월이, 시간이 그 사람한테는 아깝다는 생각 까지 들게 한다.

말이란 것은 충분히 생각해 보고 입 밖으로 내보내야 한다는 것을 염두에 두면 얼마나 좋을까!

말하기에 앞서 나 자신은 얼마나 잘하고 있는지, 나 자신은 어떤 성향으로 사람들을 대하고 있는지 생각해본다면 얼마나 좋을까!

인향만리人香萬里,

사람의 향기는 만 리를 가고도 남는다는 얘기도 있는데 좋은 인연으로 가장 소중하고 오래가고 싶은 것이 모두가 원하는 것인데 그것이 그렇게 어려운 것인가…….

잊지는 않고
있었구나

○
○
○

시간이 지나도 늘 한결같은 사람은,
오랜만에 목소리를 들어도 변함없는 목소리 톤과 반가움으로
인사를 나누는 편안한 친구.
수화기 너머에 그 친구의 표정이 그려지면서 들려오는 목소리,
그래도 잊지는 않고 살았나 보네 전화를 다 하고?
이 사람아 내가 자네를 어떻게 잊어.
자네가 어떤 친구인데…….

사람은 한두 번을 봐도 정이 가는 사람이 있고 진솔함이 묻어

나는 사람이 있다. 그런 사람은 잊고 있다가도 불현듯이 한 번
씩 생각이 나기도 하고 궁금하게도 하는 사람이 있다. 다시 말
해 유난히 끌리는 사람, 서로 잘 살겠거니 잘 지내고 있겠거니
하면서 그러다 우연히 목소리를 듣게 되면 어제 목소리를 들었
던 사람처럼 혹은 어제 얼굴을 봤었던 것처럼.

"잘살고 있어?" 라고 물어보면 "죽지 못해 살고 있다."라고 대

답을 할지언정 그 말속에는 "괜찮아."라고 말하는 것처럼 느껴지는 목소리 톤과 색깔이 느껴지기도 한다. 그 사람만의 특색이 있는 표정과 언어, 분명 같은 말을 똑같이 죽지 못해 살고 있다는 그 말이 사람에 따라서 다르게 들릴 때가 있다. 정말 신기하게도 사람에 따라서 그렇게 들린다. 그렇다고 상대가 밉거나 얄밉거나 원수 같은 사람이 아닌데도 그렇게 들리는 경우도 종종 있다.

하루를 보아도, 십 년을 보아도 늘 한결같은 사람,
오랜만에 목소리를 들어도 혹은 들려주어도 그런 사람이었으면 좋겠고 또는 내가 그런 사람이었으면 좋겠다. 그래도 잊지 않고 있었네 하면서 어제 들었던 목소리처럼 그렇게 반가운 사람으로 기억되었으면 좋겠다.

지금 나는 그런 모습일까!

자신과의
싸움

○
○
○

운동하는 사람에 따라서 어떤 목적 달성을 두고 하느냐에 걸음과 뜀뛰기의 페이스가 확연히 다르겠지만 정말 여러 모습의 사람들이 다양하게 보여서 그런지 빠른 걸음으로 숨을 고르기도 바쁘게 재촉을 하는데도 사람들의 모습이 눈에 들어온다. 정말 땀에 흠뻑 젖을 정도로 뛰는 사람, 마냥 시간이 약이라고 걷는 사람, 만삭의 배불뚝이 임산부가 순산을 위해 걷는 사람, 이어폰 꽂고 음악을 들으며 걷는 사람, 삼삼오오 모여서 수다 떨면서 가는 사람들.

가끔 딸과 함께 운동을 갈 때도 있고 그리곤 거의 혼자서 운동을 갈 때가 더 많지만 갈 때마다 걸음을 걷는 속도가 빨라진다는 것을 느낀다. 처음 시작할 때는 호수를 반도 안 돌면서도 시간 반을 걷다가 나왔었는데 하루가 다르게 조금씩 늘려가는 거리와 시간.

오늘은 딸아이와 둘이서 함께 갔는데 한 바퀴를 다 돌고 나왔는데도 한 시간으로 단축이 되었고 물론 좀 빠르게 걸으면서 호흡이 약간은 가파르기도 했고 머릿속이 땀으로 다 젖어서 손가락을 머릿속으로 넣어보면 흥건하게 젖어 있을 정도였고, 다리는 약간 맥이 풀리면서 한 바퀴를 다 돌고 차있는 곳까지 그 잠깐을 걸어가는데 후들거릴 정도였으니까 정말 빨리 걸었던 거 같다.

무엇이 그렇게 급해서 오늘은 이어폰을 꽂고 음악을 듣지도 않았고 간간이 딸아이와 몇 마디 주고받으면서 정말 열심히 경보 걸음으로 걷기만 하고 다리 힘이 풀어지고 힘이 들었는데도 뭔가 20% 부족하다는 생각에 개운하지를 않다.

비가 오면 운동을 못 가지만 지금 나는 나 자신과 싸움을 하는 것이다.

사고 후유증으로 오래 걷지를 못해 동행해야 하는 어느 모임이든 나 때문에 피해를 주는 것이 싫기도 하고, 함께 가더라도 저는 중간에서 기다리고 있을 때가 많아 기다리는 나는 괜찮은데 나를 놔두고 앞서서 갔다가 오는 분들이 기다리고 있는 나로 인해서 마음 편치 않게 움직이는 것이 싫기도 하고, 이런 저런 이유로 시작했지만, 작년 여름에도 잠깐 하다가 포기를

하고 말아서 이번엔 원하는 속도와 시간이 아닐지언정, 그래도
예전에 운동했었을 때 참 지독하다는 얘기를 들었던 것처럼은
아니어도 적어도 걸으면서 숨은 고르게 쉴 수 있을 정도는 되
어보기 위해 걸음을 조금 빨리 걸어서 함께 하는 사람들과 템
포는 맞춰보자 그 정도만으로 만족하니까 어디 그래 해보자
예전의 나처럼……

지금 내가 운동을 이 마음으로 하고 있지만 해보는 데까지 할
수 있는데 까지 해보려 한다.
남을 위해서가 아니라 나를 위해서…….

작은 쉼터의
휴게실에서

○
○
○

옹기종기 모여 앉아 앞만 바라보고 있는 사람들의 손에는 향기도 나지 않은 내린 원두커피를 따라와 입술 끝에서 느껴지는 질감의 종이컵 끝 부분에서 커피 맛을 음미 하나보다.

자동차 검사 일이 며칠 남지 않아 검사받으러 간 현대자동차 서비스 센터 대기실 안에 모여 말 한마디 하는 사람 없이 앞만 주시하다가 폰의 벨이 울려 조용한 분위기의 컬러링이 울리는 것만으로도 민망해 손으로 가린 폰과 입을 가린 채 소곤소곤 통화하면서도 괜스레 눈치가 보이는 고요한 분위기에 미안한 생각 까지 든다.

그런데 나보다 더한 사람이 있다. 분위기를 확~깨는 컬러링에 목소리가 우렁찬 어느 아저씨의 눈치 없는 노매너의 통화, 그 좁은 공간에 혼자 있는 것처럼 크게 대화를 주고받는 사람에 이어 연이어 울어대는 알람 소리에 은근히 신경 쓰이고 정신 사나워지면서 한편으론 그 조용한 분위기에 피해를 줄까 봐 손으로 입과 폰을 가리며 통화를 했던 나 자신이 오히려 민망한 기분이었다.

작은 공간에 마련해 놓은 원두커피를 마시러 들어갔다가 대기하며 기다리는 휴게실에서의 이 어정쩡한 분위기에서 무료로 주는 커피도 좋지만 잡음과 고성으로 인해 쉼터의 공간이 편치가 않았다. 조금만 더 신경 쓰고 조금만 더 같은 공간 안에 있는 사람들을 배려한다면 그렇게 큰 목소리로 통화하면서 옆에서 무슨 소리를 하는지도 모를 만큼의 잡음이 피해를 준다는 것을 왜 모를까.

괜한 종이컵의 말아 올린 끝 부분만 잘근잘근 씹어 성질머리 고약한 것처럼 치아 자국만 남긴 빈 종이컵을 들고 버리지도 못하고 들고 나와 밖에서 들여다본 휴게실의 모습이 안에서 느꼈던 그 모습 그대로 연상이 되어 다시 들어가고 싶지 않더라.

장례식을
치르면서

누군가 임종을 지키는 사람은 따로 있다고 한다. 친정아버지, 시어머니 임종 하실 때도 보면 그랬다. 아버지는 임종하시기 불과 30분 후였다. 누워 계시는 아버지 입에 떠먹는 요플레를 수저로 떠서 한 개를 다 드렸었다 아버지가 누워 계시면서 엄마가 요플레를 하나씩 떠서 드렸는데 아버지의 마지막 요플레를 드렸던 것이 내가 드리던 것이었는데 올케가 점심 먹으러 다 내려오라는 전화를 받고 장조카와 둘째 조카만 할아버지 곁에 남아있었고 다들 밥 먹으러 내려갔는데 그러고는 할아버지 돌아가셨다는 전화를 받았다.

시어머니도 운명하시기 몇 시간 전 저녁 암죽을 내가 다 떠서 먹여 드리고 약을 먹여 드리고 앉았는데 동서가 와서 조금 앉아있다가 눈을 뜨지 않는 어머니가 주무시는 줄 알고 조용히 동서랑 나와서 집으로 왔다. 7시간 만에 운명을 하신 것이다. 어머님께서 위독하시다는 전화를 시동생한테 받고 남편과 아무것도 챙길 시간도 없이 그냥 무작정 옷만 주어 입고 요양병원으로 신호조차도 무시하고 달리고 있는데 거반 다 도착했는데 엄마 돌아가셨다고 시동생이 대성통곡을 하면서 전화를 했다. 그런데 중환자실에 계시니까 중환자실에 들어가서 흰 천으로 다 덮어있는 얼굴을 간호사가 열어주면서 남편은 엄마의 얼굴을 매만지면서 대성통곡을 하는데 간병인들과 간호사들이 다른 중환자들이 심장마비 쇼크사로 운명할 수 있기 때문에 크게 울어서는 안 된다고 한다. 물론 충분히 이해가 가는 상황이다. 그렇다고 내 부모가 돌아가셨는데 소리 내어 울 수도 없게 만드는 것이 사실 너무 한 거 아닌가 하는 생각이 든다. 일반 종합병원 같은 곳에서는 임종을 몇 시간 앞두고 1인실로 옮겨간다. 다른 환자들과 가족들을 고려해서 그런 것이라고 들었던 기억이 있다 흐느껴 울며 엄마를 어루만지는 모습에서 화가 나기도 했었던 상황이었다.

아버지는 친정에서 장사를 치러서 몰랐던 것들이었고 큰 시숙님, 친구들을 먼 길 보낼 때는 병원이어서 몰랐던 요양병원에서의 임종을 맞이한 부모를 잃은 슬픔을 억눌러야 했던 광경이었다. 요양병원에서도 중환자실이 아닌 1인실이 있었으면 좋겠다. 숨을 거두려 하기 한두 시간 전에 병실이 있었으면 좋지 않을까 하는 생각이 든다.

그리고 장례식을 치르면서 하룻밤 사이에 거의 900명 넘게 찾아오셨던 문상객들을 맞이하면서 언짢았던 행동, 언어들이 몇 가지 귀에 거슬리는 것들이 있었다. 사촌임에도 불구하고 앉아서 상차림을 몇 번씩이나 바꿔 달라는 양심 없는 분들 난 묻고 싶었다. 다른 상갓집에서도 그러고 다니는지, 그리고 장가를 가고 시집을 가서 초등학생이 있는 조카들과 아가씨와 총각들한테 부르는 호칭이 "야~, 어이~" 요즘은 초등학생조차도 그렇게 부르면 두 눈을 치켜뜨면서 뭐라 하는데 다 큰 성인임에도 불구하고 그렇게 부르는 분들 때문에 기분이 상하기도 했었다.

지성인이라면 배우고 덜 배우고가 문제가 아닌 기본적인 생각과 올바른 사고방식을 가지고 있는 사람이라면 그러지 않았으면 좋겠다. 그렇잖아도 슬픔과 아픔으로 맞이하는 문상객들인데 상주들의 그 마음이 얼마나 아프고 힘들지 고려한다면 적어도 행동과 말에는 격차가 있어야 하지 않을까 싶다. 최소한 기본적인 매너와 예의는 지켜주었으면 좋겠다는 아쉬움이 많았다.

정은 나눌 수 있지만
사랑은

○
○
○

사람과 사람이 만나서 따뜻한 가슴으로 나눌 수 있는 것이 정
情이지만, 사랑이라는 감정은 모두와 나눌 수 있는 감정이 아
니다.

누군가를 만나 생기는 감정이 내 의지대로 되는 경우도 있지만
그렇지 못한 경우도 많다. 길을 걷다가 마주친 어떤 사람에게
서 따뜻한 인상을 받기도 하지만 차가운 인상을 받기도 하듯
이 한 번도 본 적이 없는 사람과 마주 앉자 이야기를 나누면서
그 짧은 몇 분, 몇 시간 만에 정을 느끼기도 한다. 물론 깊은
속내를 보이면서까지 대화는 아니지만······

나이를 떠나서 남녀 관계는 어떤 의미로 어떤 만남을 가지는
지에 따라서 깊이가 다르기도 하지만 서로에 대한 감정이 어떤
것인가에 정을 나누거나 사랑을 나누는 것으로 분류되는 것이
아닐까.

흔히 말하는 첫눈에 반한다는 말처럼 몇 번의 글로서 인사는
나누었지만 첫 만남부터 서로에게 이끌리어 사랑을 나눈다면

오랜 사랑을 지속할 수 있을까.

사람은 아니 사랑은 영원한 것이 없다고 우리는 입버릇처럼 말한다. 그렇다면 정이라는 것은 영원하도록 나눌 수 있을까.

사랑은 조건 없이 해야 오래갈 것이고 요구 사항이 없어야 오래간다고 한다. 이것 또한 우리는 누구나가 다 알고 있다. 그렇다면 그걸 알면서도 요구사항을 들어주지 않아서 보란 듯이 거리감을 느끼게 한다면 이건 사랑일까 아니면 이용가치의 상대로 사랑을 나누었던 것일까.

사랑은 나눌 수 없는 오롯이 내 것이고 싶어서 욕심을 부리는 것이 사랑인지도 모른다.

차라리 사랑이 아닌 정으로 따스함을 나눈 관계라면 아픔으로 얼룩진 혼자만의 사랑은 아니었을 텐데……

조건 없는 사랑

○
○
○

마음속 깊은 곳에 조건 없는 사랑을 가지고 있는 사람은 몇이
나 될까.
아무런 사심 없이 그 사람 자체만으로도 사랑할 수 있는 사람.
요즘 주변을 보면 의외로 조건을 달고 상대에게 호감을 사려거
나 받으려고 하는 사람들을 종종 볼 수 있는 것 같다.

물질적인 사랑 얼마나 오래갈까 싶다.
사람은 물질적인 선물 공세에 마음이 흔들리기도 하지만 올바
른 정신을 가지고 있거나 그것이 쥐약이 될 수 있다는 것을 감
지한다면 함부로 받지 않을 것인데 지금 당장 기분 좋은 것만
생각하고 덥석 받아 드는 사람들을 보면 옆에서 보는 것만으
로도 불안해지는 경우가 있다.
자석의 원리를 보면 같은 극끼리는 밀어내지만 서로 다른 극은
찰떡처럼 달라붙는 것처럼 사람도 상대에 따라서 밀어내는 경
우도 있고 진실함에 끌리는 사람이 있다. 사람이 어떤 조건으
로 다가온다는 느낌이 들 때 밀어내게 된다. 공존의 법칙처럼

서로 도와가며 지킬 것은 지킨다면 그것만으로도 조건이 붙지 않는 순수한 또는 아름다운 사랑 그리고 만남이 되지 않을까.

행복, 사랑의 우선순위가 진실한 마음을 나눌 수 있는 것만으로도 부족한 걸까 그래서 선물을 줘어 주며 마음을 얻으려는 것인지 아니면 후에 변심하는 마음을 위한 술수를 부리는 것인지 모르겠지만, 만약 그렇다면 선물을 안겨 주는 사람 역시 믿을만한 사람은 아니지 않을까.

물론 어느 정도의 관계이냐에 따라서 상황은 달라지겠지만 적어도 사리분별 할 줄 알 거나 훗날 내가 당할 불이익을 감당할 수 있을까 하는 걱정이 앞선다.

사람마다 사람을 대하는 방법이 틀리 다는 것을 잘 알지만, 목적이 있어서 갖는 관계와 목적 없이 갖는 관계는 현저하게 차이가 나기도 하고, 이용가치의 값을 따지면서 수단과 방법을 가리지 않고 접근했다가 단물만 쪽쪽 빨아 먹고 서서히 밀어 내면서 끝내는 안면 몰수 하는 사람도 있다. 남녀 관계이든 사업적이든 아님 개인적인 이익을 추구하는 사람들 그래서 사람을 만날 때는 한 번 더 생각하거나 몇 번의 만남으로 적당한 선을 유지하게 된다.

사랑이라는 감정은 남녀를 불문하고 이성이든 동성이든 나눌
수 있지만, 그 질의 차이가 있듯이 사랑이라는 달콤한 말을 이
용한 물질의 물리적인 관계보다 내가 혹은 상대가 조건이 붙지
않는 관계를 지속한다면 평생을 함께 공유하며 살아가는데,
많은 도움으로 더 깊어지는 정으로 오래도록 곁에서 바라보면
서 살 수 있는 조건 없는 사랑을 나눌 수 있지 않을까.

조금 더 일찍 표현할 줄 알았다면
좋았을 텐데

○
○
○

보고 싶다는 말 한마디가 그렇게 어려웠을까.

그립다는 말 한마디가 그렇게 어려웠을까.

사랑한다는 말 한마디가 그렇게 어려웠을까.

한참 풋풋하고 싱그러운 나이 때도 그랬고 30대부터 얼마 전
까지도 뭐가 그렇게 쑥스러워서 못했을까.

지금은 아니 이제는 장난기가 아닌 보고 싶고, 그립고, 사랑한
다는 말을 할 수 있는데 좀 더 빨리 이런 마음이 들었더라면
좋았을 것을 그리고 보면 아이들에게도 그랬었고 편지나 메시
지로 글을 남길 때는 사랑한다거나 보고 싶다는 말을 아무렇
지 않게 쓰면서 정작 얼굴 보면서는 어린 아기 때 외에는 사랑
한다는 말을 했던 기억이 없다.

어느 날 인가부터 나 자신이 조금씩 겉치레를 하면서인지 뻔뻔
해지는 것인지 모르겠지만, 스스럼없이 표현하더니 이제는 보
고 싶거나 그리우면 아무렇지 않게 표현을 하는 나 자신을 보
면서 참 많이 변했다는 것을 스스로 의식하기도 하고 좀 더 일

찍 표현했더라면 더 좋았을 텐데 하는 아쉬움도 있다.

표현을 안 하면 잃는 것이 있다.
표현을 못 해서 빼앗기는 것도 있다.
내성적인 성격 결코 좋은 것도 아니고 그렇다고 너무 외향적인
것도 결코 좋은 것만도 아니다.
그러고 보면 요즘 젊은이들 참 센스도 있고 현명하게 사는 것
이 보인다. 적당한 밀당, 밀고 당기기를 너무 잘하는 젊은 친
구들 멀리서 찾을 것도 없이 내 딸을 보면 그렇게 밀당하는 모
습을 보게 된다.

밀당!
이제는 그런 것에 시간을 허비하고 싶지 않다는 마음이 들었
다는 것은 이미 마음이 노화 현상이 되어가고 있는 것일까.
조금 더 일찍 표현할 줄 알았다면 좋았을 텐데 하는 아쉬움이
생긴다.

조금 아픈 건
참아 봐

○
○
○

어느 날인가 배가 살살 아픈 것이 이상하다 싶어 산부인과를 갔는데 큰 병원을 가보라는 선생님의 말씀에 혼자서 대학 병원 산부인과를 접수하고 기다리는 동안 이상하게도 마음이 불안하거나 하지는 않았다.

진찰을 받고 아무 이상이 없다는 진단을 받고 그 이후로 다녔던 산부인과를 바꿔버린 일이 있었다. 아이가 생겼는데 자궁외 임신을 했다고 해서 대학 병원을 갔었던 일화였다. 그렇게 몇 달이 흐르고 생긴 큰아이 3.3kg으로 딱 좋게 낳은 아들이 백일도 되기 전에 아파서 소화 과를 다니는데 2~3일이 지나도 차도가 없어서 오밤중에 아이를 데리고 응급실로 향했다. 이때는 집 근처에 큰 병원이 없어 그나마 가까운 종합병원에 아이를 데리고 갔는데 몇 가지 검사하고는 탈장이라 하더니, 엄마는 밖에서 기다리고 아빠만 들어오라 하여 아이에게 장을 풀수 있는 약을 투여한다고 한다.

그 모습을 엄마가 보면 엄마 기절한다고 못 보게 하고는 시도를 했는데 그래도 안 되니까 결국엔 수술하고는 병원에서 갓

난아이라고 일주일만 있다가 퇴원을 했다. 그래서 그랬는지 걸음도 말도 다 늦어서 내 속을 까맣게 태우던 큰아이다.

몇 개월이 지났을까 작은 아이가 생기고 낳았을 때도 큰아이는 걸음을 걷지 못해서 둘을 키우면서 쌍둥이 키우는 것만 같았다. 작은 아이는 모유가 돌지 않아 결국엔 분유를 먹이기 시작했는데 작은아이에게 분유가 맞지 않아서 이름이 기억나지 않는 특수한 분유를 먹이거나 야쿠르트나 두유 이런 것으로 먹이다가 조금 일찍 이유식을 시작한 아이다.

작은 아이도 백일이 지나고 나서 감기로 소아과에 갔는데 의사 선생님이 자꾸만 고개를 절레절레 흔들더니 소견서 써줄 테니 대학병원으로 가라는 말씀과 함께 병원으로 전화를 넣어주셔서 그날 바로 버스를 타고 가서 접수하고, 진찰을 받는데 아이에게 수면제를 투여한단다. 지금 기억으로는 아마도 CT를 찍었던 것이 아니었나 싶은데 검사 결과는 심장 판막 증이란다.

심장으로 연결되는 4개의 관이 있는데 그중 하나의 관에 구멍이 있다는 것이라고 하면서 3개월에 한 번씩 검사를 받으라면서 이 정도면 아이가 자라면서 구멍이 메워진다고 걱정하지 말라는 말씀에 어디 부모 마음이 그런가, 늘 조바심에 걱정되는 시간 속에 병원 가는 횟수가 3개월에서 5개월 그리고 몇 개월씩 미뤄지면서 일 년에 한 번씩 갔는데 초등학교 들어갈 무렵 검사를 받으러 갔더니 선생님이 웃으면서 그동안 고생 많이 했다고 하며 이제 오지 말라고 하는 말씀에 더는 바랄 것이 없었다. 그런데 문제는 아이들이 너무 어릴 때 그렇게 아파서 그랬는지 조금 아픈 건 아픈 것도 아니었다. 물론 병원은 데리고 가고 약은 잘 챙겨 먹이고 먹는 것도 신경 써서 잘 먹이고 했지만, 아픈 환자 취급을 거의 하지 않았던 거 같다. 그래서 아이들이 '엄마 어디 아파.'다는 말을 너무 자주 해서였는지 크게 반응을 보이지 않기도 했었고, 아이들이 조금만 아파도 자꾸만 그러는 것이 습관이 되겠다 싶어 어느 날인가, 아이들을 앉혀놓고 너희가 조금만 아파도 엄살떨며 아프다고 하면서도 너희는 할 건 다하더라, 만약 너희가 정말 많이 아팠을 때 엄마는 애들이 또 엄살을 부리고 있구나 하면서 안 봐줄 거라는 얘기와 함께 양치기 소년 책 읽어봤지? 그거하고 똑같아 그러니까 참을 수 있는 정도면 참으라는 말을 했었다.

울 큰아이 속이 정말 깊고 외할머니가 칭찬을 아끼지 않을 정도로 속이 깊다고 유난히 예뻐할 정도였다. 하지만 속이 너무 깊은 건지 아니면 엄마 생각해서 인지 큰아이는 정말 어지간히 아프지 않으면 절대로 말을 하지 않는다. 아들은 아프다 아프다 못 견디면 아프다고 말하는 아이라 그때야 서둘러 병원을 데리고 가곤 한다.

반대로 딸아이는 계집애라 그런가, 오빠와는 다르게 옆에 와서는 내 손을 슬쩍 가져가서는 엄마 나 머리 아파한다. 만져보면 열이 없거나 미열 정도인데 아프다면서 옆에서 치대곤 한다.

큰아이가 며칠 전에는 침대에서 끙끙 앓는 소리를 내고 있어서 어디 아프냐고 했더니, 배가 너무 아프다고 해서 어느 부분이 아프냐고 했더니 배꼽 주위가 아프다 해서 먹은 것이 얹힌 것이 아니냐면서 소화제를 준다고 해도 싫다고 하고, 병원엘 가자고 해도 안 간다. 몇 번을 얘기해도 싫다 해서 지켜만 봤었는데 아이가 몇 분을 끙끙대더니 잠이 들곤, 자고 일어나서는 아무렇지 않게 걸어 다녀서 안 아프냐 했더니 괜찮단다. 그래도 병원 가야 하지 않겠느냐고 해도 아무렇지 않은데 왜 가느냐면서…….

책상에 앉아 생각이 드는 건 내가 너무 아이들에게 주입했던 건 아니었을까, 그렇다면 그것이 결코 좋은 방법이 아니었을까 하는 생각을 하게 되었다.
조금만 아파도 참지 말고 얘기하라고 해야 했을까, 끙끙대면서도 말하지 않더니 어제는 일이 있어 인천을 다녀왔더니 혼자 병원을 다녀왔는데도 가슴이 아프다 하여 다시 다녀오기를 실랑이 끝에 병원을 보내는 맘은 편치가 않다.

중년!
채워도 채워도 채워지지 않는

○
○
○

중년의 시린 가슴은 왜 그렇게 유난히 매서운 바람이 몰아치는 것일까 황량한 벌판처럼 시린 마음 한구석도 아닌 한가운데서 잔잔하게 바람을 일으킨다. 차라리 크게 한 번에 지나가는 회오리바람이라면 된통 한번 아프고 지나가 버리면 좋으련만 두고두고 시간이 지나갈수록 파고드는 중년들의 시린 가슴은 아리다 못해 아프기까지 한다.

헛헛한 빈 가슴처럼, 채워도 채워도 채워지지 않는 빈 가슴인 것 같이 마치 살얼음판을 걷듯이 조바심을 내는 중년의 가슴은 어쩌면 젊은 청춘들의 여린 가슴보다 더 여리게 녹아내리지 않았을까 여자로 사는 삶을 잠시 내려놓고 살았을 시간.

이제는 중년이라는 나이에 어느새 훌쩍 지나가 버린 시간 속에서 나를 찾고 있느라 더 아픈 것인지도 모른다.
그러니 그 헛헛한 가슴에 몇십 년이 지나버린 내 모습을 바라보고 있으면서 변해버린 내적인 모습, 외적인 변화에서 마음이 아프고 시리지 않을 수가 있을까.

차라리 허한 가슴 시린 가슴에 이만큼 보낸 시간을 보내면서 질퍽거리는 땅을 단단하게 다듬어 놓은 것으로 채워 놓으면 안 되려나, 이만큼 보낸 시간으로 중년의 시린 가슴은 위로가 안 되려나……

중년의 멋을 아는

중년의 멋을 아는 남자.
자신의 인생관도 뚜렷하고
자기 관리도 철저한 중년의 멋진 남자.
로맨틱한 여린 가슴이 아직 살아있지만, 겉으로는 전혀 내색하
지 않고 어디에서도 뒤처지지 않는 입담, 감성이 풍부해 가슴
으로 와 닿는 글을 잘 나열해 쓰기도 하고 상대의 글을 보고
심상치 않으면 톡으로 보내는 안부의 글.

참 따뜻하고 자상한 사람임에도 카메라만 들이밀면 표정이 굳
어져 사진으로만 봐서는 험상궂게 보이지만 그 사람의 따뜻한
배려와 마음을 아는 사람은 다 안다. 그가 얼마나 정이 많고
마음이 여린 사람인지…
노후엔 농사를 지으며 가족과 이웃들과 따뜻한 정을 나누면서
살고 싶다고 말하는 그는 몇 가지의 일을 하면서 나름대로 스
트레스를 해소하는 방법을 찾는 것 같다.

산을 좋아하는 남자

살림하는 남자

농사를 짓는 남자

하지만 본업은 나라를 지키는 육군본부 대령님, 처음 봉사활동을 들어가 부대에서 뵙게 되었지만, 첫인상부터 내게 확실하게 각인을 시켜주셨던 분이었다.

그 당시 내 아들이 그분의 소속 부대에 들어가게 되었지만, 엄마가 아닌 누나인 줄 알았다는 이야기부터 시작해 재미있는 입담으로 인연을 맺게 된 분이기도 하다.

지금도 가끔 안부 인사를 전하고 있지만, 그분을 보면서 내가 봐왔던 군인의 그 딱딱한 이미지가 잘못되었다는 것을 알게 되기도 했다. 중년의 삶을 맛있게 멋있게 영위할 수 있는 사람이 아닌가 싶다.

중년의 사랑과 불륜

○
○
○

내가 하는 사랑은 로맨스이고
네가 하는 사랑은 불륜이야.

내가 하는 사랑은 순수한 우정이고
네가 하는 사랑은 누가 뭐래도 불륜이야.

내가 하는 사랑은 가정을 지키고
네가 하는 사랑은 가정을 버리는 불륜이야.

남편이 바라보는 여자를 비유하는 말
치마를 입었다고 다 여자인 줄 알아.

아내가 바라보는 남자를 비유하는 말
바지를 입었다고 다 남자인 줄 알아.

사람들은 내가 하는 행동 외엔 색안경을 끼고 바라보는 것이 대부분이다. 특히 여자를 바라보는 남자들의 시선 그리고 생각, 내가 알고 있는 여자가 남자와 같이 걸어가는 것만 봐도 쟤들 불륜이야 라고 말하고, 내가 아는 남자가 여자를 데리고 다니면 남자들은 그런다 "야~ 너 능력 있다, 당신 능력 있고 멋있게 삽니다." 또는 "네가 사는 인생이 부럽다, 당신의 능력이 부럽습니다." 라고 말하는 경향이 많은 것 같지만 정말 부러워서 그렇게 말하는 것일까!

불륜으로만 보는 시선도 문제지만 어떤 관계이든 사실 근거도 없이 벌써 말은 천 리를 가고 만 리를 간다. 또한, 보수적인 사람들이 가지고 있는 일반적인 통념 때문이 아닐까는 생각도 든다. 그리고 남자들의 특성을 보면 처음 시작할 때는 어떠한 일이 있어도 책임을 진다고 말하지만 실상 일이 벌어지고 나면 결국엔 상처로 얼룩진 건 여자들이 많은 것 같다.

세상이 변하면 당연히 사람들의 생각하는 이념들이 변하는 건 당연하지만, 남녀지간에도 참 많은 변화가 생기는 것을 눈으로 보고, 피부로 느끼고, 귀로 듣게 된다.

최첨단의 시대를 살면서 지금도 서로가 내가 하는 사랑은 로맨스이고 네가 하는 사랑은 불륜이라고 말하는 사람들 정말 그렇게 생각하는 것일까 아니면 자기 합리화의 말일까!

중년의 사랑과 불륜의 정의는 무엇일까!

303

지나간 추억을
다시금 곱씹는 것은

○
○
○

추억으로 먹고사는 우리,

추억으로 웃기도 하는 우리,

추억으로 지난 시간을 돌이키며 어른이 되어 가는 우리

그런 생각을 나만 가지고 있는 것일까!

시간이 흐를수록 지나간 시간이 더 그리워지는 것은 무엇을

의미하는 것일까.

누군가를 만난다는 것,

누군가를 그리워한다는 것,

누군가를 미워한다는 것,

그 모든 것들을 느낄 수 있다는 것은 아직은 포기하지 않은 삶

이고 열정이 살아 숨 쉬고 있다는 것이다 그렇지 않고서야 눈

에 보이는 것들이 감정에 따라서 다를 리가 있을까.

사람들과 어울리며 세상 돌아가는 틈바구니에서 살아남는 것

도 내 몫인 것처럼.

수없이 갈등하고,

수없이 아파하고,

수없이 상처받으면서 일궈내는 내 삶이라는 밭에서 걷어내고 있는 수확물들이 얼만큼의 노력에서 얻어낼 수 있는 것인가에 따라서 내 삶의 텃밭에서 고스란히 남는 내가 나 스스로 뿌려 놓은 씨앗들이기도 하다. 그럼에도 불구하고 남을 탓하고 비방 하고 했던 것들을 다시 생각해 보면 그건 어쩌면 내 합리화가 아니었을까 싶기도 하다.

내 작은 그릇이라는 생각만으로 만들어 낸 아니 내 삶의 텃밭 에 뿌려놓은 씨앗들이 그것밖에는 되지 않았을까.

누군가와 같이 어울리며 사는 하늘 아래 나와 똑같은 사람은 없지만 비슷한 삶을 가꾸며 사는 사람도 많다는 것이 가끔은 아주 가끔은 싫을 때가 있다.

왜? 내가 사는 내 운명이 안타까울 때가 있으니까.

그런 내 모습을 내가 아닌 다른 사람에게서 엿보는 내 자화상 같아서 오히려 그것이 더 답답해 보이고 아프기도 하지만 그럼 에도 불구하고 지나간 추억들을 자꾸만 끄집어내어 곱씹고 있 는 것은 남아 있는 시간을 잘 보내기 위함이 아닐까.

지독하고
정열적인 사랑을

○
○
○

지독하게 사랑하는 사람이라면 내 모든 것을 줄 수 있을까!
사랑은 받는 것보다 주는 것이 더 좋을 것 같다는 생각을 하기
도 하지만 너무 지나친 사랑으로 오히려 그가 더 힘들어 할 수
도 있다.

일 테 면 집착하는 사랑, 잘 못 하면 의처증이나 의부증이 될
수도 있지 않을까.
시작은 사랑하니까, 아껴주고 싶으니까 라고 말하지만 지나친
애착은 그 사람이 더 괴롭다는 것을 나는 곁에서 봤기 때문에
적당한 수위 조절이 필요하다는 것을 간접적으로나마 배웠다.

남들은 말한다, 사랑은 받는 것보다 주는 것이라고~
하지만 사람 마음이라는 것이 어디 그런가!
주는 것보다 받기를 더 원하는 사랑, 주기만 하면 나 혼자서만
좋아하는 것 같다는 생각을 하기도 하고 무언가 손해를 보는
것 같은 생각이 드는 것 같아 자꾸만 확인한다.

"나 사랑해"라고.

늘 입으로는 사랑해 말하면서도 느낌이 오지 않는 것 같으면 불안하고 이 사람이 무슨 생각하는 것일까 하면서 생각에 잠겨 수렁에 빠져드는 경우를 보면 지쳐서 포기하거나 아니면 위에서 말한 것처럼 집착해서 의심이라는 무서운 마음의 병을 갖게 되는 것이 아닌가.

언제인가, 연세가 지긋하신 분과 이야기를 나누다가 대화의 방향이 사랑으로 흘러갔는데 그분께서 하시는 말씀이 여자는 나이를 먹어도 사랑을 받아야 고운 마음을 지니고 자기 자신을 가꾼다고 하시면서 어느 노부부가 계시는데 할아버지께서 할머니와 늘 같이 다니면서 너무나 애틋하게 바라보는 눈과 머리를 쓰다듬어 주고 얼굴을 한 번씩 어루만져 주시니까 할머니는 늘 정갈하고 예쁘게 자신을 가꾸는 모습은 그만큼 사랑을 받기 때문에 할머니 스스로 노력하는 것이 아니겠느냐고 하신다.

간혹 친구들과 부부들의 관계를 이야기할 때 보면 리얼한 이야기들이 오고 가는데 핵심적인 건 역시 사랑이고 요즘은 맞벌이 부부들이 많아지면서 각자의 생활로 인해 이야기하는 횟수도 줄어들고 대화의 이야깃거리가 없어져 단절되는 경우도 있는 것 같고 하다못해 서로가 어떤 모습으로 나갔는지 어떤 마음인지도 모른 채 사는 부부도 의외로 많은 것 같다.

물론 남편들도 여자와 같은 생각이라고 하겠지!
아내의 식어버린 애정, 무관심으로 인해서 그래서 밖에서 시간을 보내는 경우가 있다는 이야기를 들은 기억이 있다.

사랑은 상대적이 아닌 가라는 생각을 했었다. 혼자서 일방적으로 베풀고 보듬어 주는 사랑은 사랑이 아니고 짝사랑하는 것이거나 관심을 받고 싶어 하는 사랑이 아닐까.

그렇지만, 내게 다시 사랑하라 한다면 망설임 없이 주저하지 않고 지금까지와는 정 반대의 사랑으로 숨김없이 리얼하게 지독하고 정열적인 사랑을 할 수 있을 것 같다. 물론 그것도 혼자 하는 사랑은 아니어야겠지…….

진실한
인연

○
○
○

오래 만날수록 진득한 사람이 있지만 오래 만날수록 거리감이
생기는 사람도 있다.
목소리만으로도 정감이 가는 사람이 있듯이 글로서 소통하는
사람들만의 진솔함으로 다가오는 사람도 있다.
한동안 소식이 없어도 기다릴 줄 아는 사람과 소통이 안 된다
고 안부조차도 묻지 않고 소식을 끊어 버리는 사람에게는 친
구라는 의미가 무엇일까.

한 번씩 궁금한 안부
한 번씩 그리워지는 목소리
한 번씩 만나고 싶어지는 인연
살아가면서 내 맘대로 이뤄지는 일이 그리 많지는 않다.
어떠한 일이든 겪어나가면서 단단해지고 성숙해지면서 사는
것이 사람이라는 생각이 든다.
소식이 없거든 내가 찾아가 안부를 묻고 소식이 없거든 무슨
일 있었냐는 질문도 하고 소식이 없거든 어디 아팠냐고 할 줄

아는 따스한 사람이고 싶다.

인연이란 것은 반듯이 내가 필요로 해서만이 얻어지는 것이 아
닙을 아는 지혜로운 사람 그런 내가 되고 싶다.
인연이라 생각하고 믿었는데 내 마음이 편치 못해 쉬었다가 어
느 날 문득 생각나 찾아도 안 보이면 상처가 된다는 것을 내가
느끼면서 내게도 그런 느낌을 받았을 거라는 생각에 마음이
편치가 않다
그래서 겪어봐야 안다는 말을 하나 보다.

진실한 인연!
그것은 어느 한계이고 어느 선까지의 관계로 의미를 부여해야
할까…….

친구들의
안부

○
○
○

내게 있어 친구란 함께하는 선물 같은 존재입니다.

어디 그뿐이겠습니까?

선, 후배 그리고 지인들까지 놓으려야 놓을 수 없는 인연으로 매일 목소리를 듣는 사람, 간혹 생각이 나는 사람, 차마 안부를 전할 수가 없는 그런 사람들도 있지만 우리는 시간에 쫓기며 버둥거리고 산다는 핑계 아닌 핑계를 대면서 잊을 만하면 안부를 전하던가, 안부를 전해 오기도 합니다.

누군가에게 잊히지 않고 생각나는 사람이라면 그건 유대 관계가 괜찮은 사람이겠지요?

예컨대 내게 어떤 사람은 참 좋은 사람이라고 생각하고 있는데 그 사람은 나를 잊고 있다면 슬플 것 같습니다. 하지만 많은 사람과 만나다 보면 기억을 못 하는 사람과 분명 안면은 있는데 어디서 만났는지 모르는 사람도이 있기도 합니다.

어디를 가든, 어느 곳에서 만났던 사람이든 기억하지 못하는 상대가 있을 때처럼 난감하기도 하고 그럴 땐 그냥 배시시 웃는다거나 어디서 봤는지 모르겠다고 말하기도 합니다. 그래야 어디서 봤다고 상대가 먼저 말을 하니까.

그런데,

모든 이들과 자주 연락을 한다거나 잘 지내고 있다는 이야기를 전해 듣기도 하지만 전화 목소리로 늘 안부를 전해오는 친구가 어느 날부터 인가 전화를 받지 않거나 꺼 놓는 친구가 있는데 어떻게 해야 할지 난감하기도 합니다. 그렇다고 집 주소를 아는 것도 아니고 그 친구가 어떤 사람들과 어울리는지도 모르고 이 친구는 우울증에 시달리며 신경 정신과에 스스로 찾아가 치료받겠다고 들어가 두어 달 정도를 입원해 있다가 퇴원했다는 전화도 받았었고 입원해 있을 때 병원으로 병문안 간다고 했더니 한사코 거부하면서 병원도 알려주지 않았던 친구이기도 합니다.

이럴 땐 소식이 올 때까지 기다려야 하는지 아니면 다른 방법을 알아봐서라도 찾아가야 하는지 모르겠고 찾는다는 것도 어디서 어떻게 해야 하는지 너무 무지한 것 같아서 답답하기도 하고 도무지 알고 있는 것이 없는 것 같고 이름과 폰 번호 사는 지역만 알 수 있는 내가 정말 친구 맞나 싶습니다.

당신은 당신의 친구에 대해서 얼마나 알고 있고 안부를 전하십니까?

친구들아
그거 아니

○
○
○

깨복쟁이 친구, 내 소중한 친구들아.

우리는 추억을 떠올리며 서로의 안부 인사를 따로 하지 않아

도 될 만큼 가까이 또는 멀리 살아도 너희가 지금도 한 테두리

안에서 지내고 있다는 생각이 드는 건 그만큼 내겐 어린 날의

친구들이 편하고 좋다는 것이겠지.

그런데 나만 느끼는 것이었을까?

가슴 싸아한 맘이 들더라 내 친구들도 어느새 나이를 속일 수

없는 중년이 되어있다는 것이 보이더라.

어느새 생긴 눈가의 주름이 말해 주고

어느새 풍채가 나이를 말해 주고

어느새 삶을 짊어진 무거운 어깨가 느껴지더라.

그거 아니?

수다 떨 때, 장난칠 때 보면 아직도 철없는 소년 소녀들 같은데

손주를 본 친구를 보면서 아~ 벌써 우리가 그럴 나이가 되었구나 싶더라.

그거 아니?
아무리 짓궂은 장난을 치더라도 밉지가 않은 친구라는 것을 예전엔 안 그랬거든 그런데 지금은 나 스스로 변한 거 같아 그냥 좋고 그냥 예쁘다는 맘으로 봐 지더라.

그거 아니?
내 마음이 너희를 보면 든든하다는 것을 한때는 그냥 친구라서 좋다 했는데 지금은 내 마음에 보석 상자 같은 믿는 구석이 있다는 말처럼 든든하다는 맘이 들더라. 동규네 식당 개업식에서 친구들을 보면서 느낀 내 마음이기도 해.

그거 아니?
내가 이 글을 쓰면서 참 고마워하고 있다는 것을 너희가 내 친구여서 고맙고 너희가 내 친구여서 든든하고 너희가 내 친구여서 보고 싶다는 것을….

친구들아 우리 더 나이 먹어도 철없는 어린 시절의 그 맘으로 나이 들어갔으면 좋겠다.

세파에 찌든 삶을 살아가고 있더라도 그래서 속일 수 없는 연륜의 미소가 보일지라도 맘은 생각은 지금처럼만 서로 보고 싶어 하고 아껴주는 모습이 변함없었으면 좋겠다.

친구들아 그거 아니?
내가 너희를 사랑한다는 것을…….

친구라는 말보다
더 아름다운

○
○
○

친구에게서
걸려오는 전화 한 통화에
울고 웃는 그런 친구들이 있어 행복하다.

밤늦게 전화를 걸면 무슨 일 있느냐고
물어주는 친구가 있어서 좋다.

커피 마시고
싶다고 하면 나오라는 친구가 있어서 좋다.

술 마시고
싶다고 하면 함께 마셔주며
내 얘기 들어주는 친구가 있어서 좋다.

속이 답답해 소리 지르고 싶다고 하면
노래방 가서 같이 소리 지르는

친구가 있어서 좋다.

한동안 내게서 톡이 없거나 전화가
없으면 무슨 일 있느냐면서
걱정하는 친구가 있어서 좋다.

바람 쐬고 싶다고 하면 함께
가줄 테니 전화하라는 친구가 있어서 좋다.
이거 사실 전화 잘 못 한다.
이런 날은 정말 말 그대로 무한 질주를 한다.

계기판을 쳐다보면 무서울 만큼
그래서 이런 날은 혼자 드라이브를 한다.
내 가슴 속에
들어와 있는 그대들이 있어서….

늘~~~
고맙다는 말을 하고 싶다.

고마워 그리고 사랑해!

친구야 나 이제는 너를
가슴 아파하지 않을게

○
○
○

늘 안부가 궁금한 친구를 만나기 위해 사전에 약속도 잡아놓지 않고 이른 아침 주소만 묻고는 다른 친구를 대동해서 무작정 온양으로 기분 좋게 룰루랄라 달려가, 식당 주방에서 일하고 있는 친구를 부르는데 얼굴이 생각했던 것보다 편안해 보여 너무 괜한 걱정을 했나 보다 싶다.

한쪽에 자리를 잡고 한참 수나를 떨고 점심시간이라 손님이 들어오기 시작하는데 정신이 없었다. 주말은 손님이 없는데 네가 손님을 몰고 왔다고 하면서 그 많은 손님을 혼자 주방에서 요리와 설거지까지 하는데 나오는 메뉴가 비빔밥 들깨 수제비 바지락 칼국수 제육볶음 등이 나오는데 그 많은 양을 다 감수하는 것을 보고 깜짝 놀랐다.

친구가 제육볶음을 맛있게 해줘서 먹었는데 계속 들어오는 손님들로 친구가 룸에 앉아 있는 친구들을 신경 쓰는 것이 걸리기도 하고 친구가 쥔장 눈치 보는 것도 싫어서 아쉬움을 뒤로 하고 나왔다. 올해 안으로 이천으로 옮겨 그곳에서 터를 잡는

다고 한다. 잘 살아주었으면 좋겠고 아프지 않았으면 좋겠고
늘 편안한 마음이었음 좋겠고 지금까지 살아온 것처럼 잘 견디
면서 그런데 이 친구가 우울증을 약간 보여서 걱정이 된다.
와줘서 너무 고맙다고 어린 시절 이야기 하면서 눈시울 적시는
친구를 보면서 오히려 내가 그 친구에게 참 고맙고 그 힘든 시
간을 다 견뎌내고 제 자리에서 열심히 노력하는 그 친구가 대
견하고 고맙다.

마음으로 나누는 친구는 아무리 멀리 있고 오랜 시간이 지난
다음 만나더라도 어색하거나 거리감을 못 느끼는 것은 마음으
로 서로 그리워하기 때문이겠지. 이렇게 나는 오늘 그 친구와
의 약속을 지키고 나 또한 편안한 마음으로 이제는 그 친구를
너무 가슴 아프게 생각하지 않아도 될 것 같다.

카네이션을 100송이 담아서
드리고 싶어도

○
○
○

가정의 달 5월이 내겐 기쁨보다 아픔이 먼저 떠오른다. 그래도 작년까지는 가슴에 달아 드리지는 못했지만, 병실에 누워 계시는 침대 옆에 가져다 드렸던 카네이션이었다.

해 년마다 엄마가 주신 절구와 항아리 수반들에 부레 옥잠화를 키웠는데 올해는 안 할까 망설이다 물만 받아 놓은 절구와 수반들이 자꾸만 눈에 들어와 화원으로 갔는데 그 많은 꽃 중에 눈에 띈 것이 카네이션이다.

조그만 바구니부터 커다란 바구니까지 예쁘게 담아진 카네이션들, 그 꽃을 보면서 울 엄마 살아계시면 바구니에 백송이 담아서 드렸을 텐데, 내 옆에 계셨을 때 해 드렸더라면 얼마나 좋아하셨을까 하는 후회, 꽃을 참 좋아하셔서 생화는 비싸서 시들 때마다 사다 놓을 수가 없으시다면서 조화로 방을 꾸미기도 하셨던 엄마였다.

엄마로서 살아야 하니까 억척스럽게 생활하시던 엄마, 남들은

강성이라 말하지만 울 엄마 천생 여자이셨고 웃음도 많았고
울음도 많았고 수줍음도 많았던 여자, 그런 엄마는 그 모습을
다 감추면서 살아야 하기도 했었다.
가족을 위해서…

생각해보니까 단 한 번도 풍성하게 꽃다발을 사드린 적이 없었
다. 고작해야 작은 바구니에 카네이션 열 송이도 안 되는 바구
니를 선물해 드렸는데 그때는 며칠을 보자고 굳이 많은 꽃을
살 필요가 있을까 했는데 생화가 아까워 못 사는 꽃을 한 번이
라도 사드릴 생각을 안 했다는 것이 후회된다.

가정의 달 5월
화원들이 유독 많은 집 주변, 수없이 많은 카네이션을 보면서
엄마 생각에 또 울적해진 마음으로 엄마를 찾아갈 것 같다.
카네이션을 수북이 담아서 이제는 소용없겠지만……

커피숍엔 바리스타가 있고
바리스타가 맘에 들어 방앗간으로

○
○
○

밝은 갈색으로 염색한 짧은 커트 머리의 젊은 바리스타 양승진 아가씨가 커피를 볶고 커피를 내린다.

늘 분위기만 관망하고 선뜻 들어가지 못하다가 며칠 전 함께 봉사활동 하시는 분께 부탁할 일이 있어서 이 커피숍에서 만났을 때 숍 안에 책들이 책장에 꽂혀 있어서 수필집 한 권을 주면서 분위기 괜찮다며 또 오겠다고 하고는, 며칠 후 집에서 일하나가 무심코 생각난 이 아담한 커피숍으로 망설임 없이 나섰던 건, 내가 타 먹는 커피가 아닌 다른 사람 손에 의해서 내려진 커피가 마시고 싶었던 것 같다.

아가씨들이 기억하고 있었네!

내가 커피를 연하게 마신다는 것까지 보리차처럼 순하게 많이 마신다고 했더니 바리스타는 내 입에 딱 맞게 커피를 내려주는 센스까지 보여준다.

아가씨 둘이서 편안하게 손님맞이 하는 이 작은 커피숍에 정(情)이 가는 건 조용하고 아늑해서 마음이 쏠리는 거 같다. 그리고 규모가 작은 단독 주택들 사이에 있는 것이 가장 마음에 들었는지도 모른다.

밤이면 간혹 노트북 들고 와 이곳에서 글을 써보는 것도 괜찮을 거 같다.

바리스타는 내게 매주 금요일마다 와서 영화를 보란다 저녁 8시에 상영을 한다면서 최신 영화는 아니고 조금 지난 영화를 관람하라는 상냥한 바리스타, 얼핏 보면 총각으로 보일 수도 있는 분위기이지만 목소리는 천생 아가씨이다. 성격도 소탈해 보이고 조용하고 나긋한 목소리의 바리스타, 언젠가부터 아담하고 조용한 커피숍을 물색해 그곳에서 간혹 한 번씩 글을 쓰고 싶다는 생각을 했었는데 거리도 가깝고 조용하고 유리창 밖으로 보이는 소나무들이 맘을 차분하게 한다.

이제 이곳에서 나의 색다른 작은 공간을 만들어 볼까.

팁 그리고
타이밍

하늘을 바라보고 한 점 부끄럼 없는 사람이 있을까.

땅을 밟지 않고 갈 수 있는 곳이 있을까.

태풍이 불어오면 태풍을 피해 갈 재간才幹이 있을까.

소낙비 내리면 처마 밑으로 뛰어갈 때까지는 몇 초라도 피해

가지 못한다.

그것이 나와 당신이 함께 살아가는 시간 속의 일부분이고 공

존의 법칙이라고 생각하지만 숨을 쉬며 사는 모든 것이 그렇듯

피해 갈 수 없는 것들이 있지만, 또한 피해 가고 싶고 눈과 귀

를 닫아 버리고 싶을 때가 있다.

하지만,

나의 귀는 열려있고 나의 눈은 바라볼 수 있고 원하지 않아도

보고 듣고 말하게 되지만 누군가 에게는 싫은 소리도 해야 할

때가 있고 곱지 않은 눈으로 봐야 할 때도 있다 그와 반대로

내가 들어야 하고 곱지 않은 시선을 느끼기도 한다.

나의 자존심만 고집하고 나의 상처만 아프다고 내세우면서 다른 사람의 자존심을 건드리고 상처를 주는 사람은 어떤 "팁tip"을 손에 쥐여 주어도 귀담아듣거나 받아들이려 하지 않는다.

참 못난 사람,
약에 쓸래도 쓸데가 없는 사람,
곁에 있어도 없는 것만 못한 사람.
살아가면서 그런 소리는 듣고 살지 말자 내게 어떤 충분한 이익 타산을 따져가며 곁에 있는 사람에게 선의의 피해든 악의의 피해는 입히지 말자.
적어도 함께 살아가면서 크나큰 도움을 주는 "팁tip"을 주지 못하고 받아야 하는 입장이라면 고맙고 감사하게 생각하는 척이라도 하자.

그 모든 것들은 때와 장소 또는 사람들과의 관계 그리고 "타이밍timing"이 중요하다는 것을 염두에 둔다면 나와 당신 모두가 함께 편안하게 살 수 있지 않을까…….

풍경 소리에
엄마의 목소리가

○
○
○

가슴 깊이 지워지지 않는 그리움으로 엄마, 어머니의 이름으로
살아 주셨던 86년이라는 세월을 진한 글씨로 새겨놓았다.
간혹 그리워서 보고파서 울컥 울컥한 가슴을 치면서 소리 내
어 울기도 하고, 조용히 이불 속에서 흐느껴 울기도 하고, 음
식을 먹다가도, 옷을 보다가도 꺼이꺼이 울기도 할 것이다.

울 엄마 보고 싶고,
울 엄마 만져 보고 싶어 미치겠다고 하면서….

가시밭길 걸어오신 지난 시간,
이승에서 다 내려놓고 저승으로 가시는 길은 사랑 받으며 살고
싶다는 말씀대로 예쁜 꽃신 신겨 드리고 엄마만의 공간에 꽃
으로 이부자리를 만들어 꽃상여 대신, 작지만 엄마의 공간으
로 엄마의 함자까지 새겨놓은 관속의 꽃밭에 단아하고 아
름다운 모습으로 임을 만나러 가는 여인의 모습으로 양손 가
지런히 모은 엄마의 모습 비록 얼굴을 볼 수는 없었지만 두 눈

을 감으시고서야 볼 수 있었던 아담한 엄마의 모습을 그나마 도 더는 해드릴 수가 없어 안타깝다.

그 모습을 영원히 가슴에 묻고 49재를 올릴 절에 엄마를 모시러 간 작은 절 입구에서 듣게 된 풍경 소리에, 엄마의 목소리로 어서 오라고 하는 환청이 들리는 듯했고 "우리 새끼들 왔구나" 하는 아마 이 환청의 소리는 앞으로도 풍경 소리를 들을 때마다 그렇게 들릴 거 같다. 그렇잖아도 풍경 소리는 맑고 편안하게 만들어 주는데 엄마가 그립고, 보고 싶을 때 들으면 우리 막내딸이라고 엄마의 목소리도 같이 들렸으면 하는 바람이 생긴다.

엄마의 딸로 태어나게 해줘서 감사하고, 가끔은 속상하게 하고 서운하게 해서 미안하다고 정신을 잃으신 엄마와 세 시간 동안에 수많은 이야기와 노래를 들려드렸던 막내의 독백을 엄마도 가슴 깊이 담아 가셨으리라 믿고 싶다.

"엄마!
친구 같은 딸로서 미안하고 딸로서 죄스럽고, 친구 같은 딸로서 고맙고 딸로서 감사드려요. 그리고 많이 표현해 드리지 못한 애틋하거나 다정하지 못했던 사랑 정말 아주 많이 미안하고 죄송해요. 점점 더 후회하면서 더 가슴 아파하면서 그리워하고 보고 싶어 할 울 엄마 잘 가요……"

한 템포씩 늦어지는
배움 & 깨달음

○
○
○

景行錄曰 食淡精神爽이요, 心淸夢寐安이니라
경행록왈 식담정신상　　심청몽매안

〈음식이 담박하면 정신이 상쾌하고, 마음이 맑으면 꿈자리가
편안하느니라.〉

초운 오석환 교수님의 명심보감 中에서

책장에 꽂혀있는 "오 박사 명심보감"을 얼마 만에 들여다보는
건지 일부분은 생각이 나기도 하고 까맣게 잊어버린 것들도 있
지만 공부하던 그때가 그리워집니다.

명심보감을 배우기 위해서 일산에서 송파구로 배우러 다닐 때
는 그렇게 머릿속에 안 들어와 스트레스를 받을 때도 있었는
데 한참이 지난 지금에서야 이해되는 글들이 있습니다.
공부에도 때가 있다는 말이 맞는 말인 것 같습니다.

한 번씩 되짚어 보기 위해 읽다가 눈에 들어온 명심보감의 한 대목에서 내 안에 또 다른 내가 있는 것일까 아니면 내 착각 속에서 사는 것일까 아직은 마음이 맑다고 생각하고 있는데 밤마다 제대로 잠을 이루지 못하는 걸 보면 그것도 아닌 것 같고 음식은 느끼한 것보다는 담백하고 깔끔한 것들을 좋아하는데 정신이 상쾌한지는, 하지만 돌이켜 생각해보면 머리가 맑고 마음이 편해야 잠자리가 편안한 건 부정하지 못하겠어요.

그러고 보니 머리가 복잡한 건 사실이고 생각이 너무 많아서 가끔 일의 순서가 바뀔 때도 있어서 혼자 자책을 하거나 답을 찾지 못해 멘토를 하고 계시는 분을 조금 귀찮게 해드리기도 합니다.

한 템포씩 늦어지는 배움 그리고 깨달음, 이제부터라도 하루에 한 구절씩만이라도 다시 읽어봐야겠어요. 이제야 조금이나마 이해가 되는 것들이 있다는 것만으로도 다행이지만 시간이 지날수록 무언가를 배우고 익히는 건 어려운 것 같습니다.

한결같은 사람이 좋더라

○
○
○

사소하고 작은 일이라도
가슴에 담아 두고
서운해 뾰로통해 있는 사람보다
아무 일 없는 것처럼 티 내지 않는 사람

부탁을 거절한 사람의
마음이 편치 않다는 것을 알아 먼저
손 내밀어 아무 일 없는 것처럼 하는 사람

소식이 없으면
무슨 일 있느냐고 걱정이 되어서
메시지 보내 본다고 하는 사람

책에서 보았다며 어느 구절을 읽는데
네 생각이 났다면서 잘 지내느냐고 묻는 사람

무언가 부족하더라도
다른 방면에서 잘하니까
그것만으로도 충분히 괜찮으니까
자신감 잃지 말라고 말해주는 사람

살아가면서 의지할 수 있고
든든한 버팀목이 되어 주며
늘 변함없이 지켜봐 주고 다독여 주는
한결같은 사람이 좋더라.

그렇다고
받기만 하는 사람이 아닌
나눌 줄 아는 한결같은 사람이어야겠지.

행복보다는 만족

○
○
○

중년이라는 나이에 살아가면서 어느 것에 더 관점을 두고 살아야 하는지 모를 때가 있다.

생각해보면 나이를 먹어가면서 추구하는 것들이 변하는 것을 알 수 있고 이것도 살아가면서 알아가는 과정이고 어떤 것이 중요한 것인지를 깨달아가는 것인가 보다.

마음을 비우고 욕심을 내려놓으면 된다고 입버릇처럼 말하면서 알게 모르게 나 자신도 모르게 변하는 것이 아니었나 하는 생각이 듭니다. 살아내면서 다 움켜쥐려 했던 가정 안에서 일어나는 모든 것들 그리고 사랑과 친구들과의 우정, 손에 쥐어진 것들을 놓지 않으려 했던 집착과 욕심이 많아서 일수도 있다.

어느 기준이 진실한 행복이고, 어느 기준이 내가 원하는 만족인지 사실 해답을 찾기란 쉽지는 않을 거란 것을 어느 해 인가부터 나 자신과의 싸움이고 세상과의 불필요한 싸움을 하고 있다는 것을 조금씩 배워간다. 그것이 삶이라는 것을……

행복과 사랑 뭐가 다를까는 생각을 어느 순간엔가 하면서, 사랑 그건 한 남자와의 열렬하게 사랑을 나누었던 순간에 어느 것도 아깝지 않을 만큼 그 사람만 있으면 될 것 같은 그것이 사랑이었고, 행복 그건 한울타리 안에서 서로 다독이고 아껴 주면서 생채기 내지 않는 따뜻함으로 한 곳을 바라보는 것이 행복이 아닌가, 물론 내 기준에서 한 이야기이다.

누군가 그럽디다.
행복보다는 만족이라고, 하지만 그 만족이라는 것이 어느 선인 지가 나의 행복의 기준이 있는 것이 아닐까 싶어요. 열 가지를 다 손에 넣고 만족을 하려면 많은 시련과 아픔을 겪으면서 내 것이 되는 것인데 오롯이 잃은 것이 없이 내 것이어야만 만족 을 하게 되는 것이고, 열 가지를 얻기 위해 분명 잃은 것도 있 는 것이 우리들의 세상 살아가는 룰이 있나 보다.
행복은 말 그대로, 욕심과 마음을 내려놓고 비우면 느끼게 되 고 덤으로 얻어지는 것이 행복이라는 것을 알게 되면서, 그래 서 저는 언제부터인지 만족보다는 차라리 행복이라는 단어를 선택하면서 나 혼자만의 생각이라는 굴레에서 되뇌고, 마음속 에 가득 채웠던 욕심과 만족을 버리고 비우는 연습을 하게 되 면서 그나마 스스로 편안하게 살아가는 방법을 터득하면서 후 자의 만족이 아닌 전자의 행복일 것이라 생각한다.
당신이라면, 행복과 만족 중에 어느 것을 선택하시겠습니까?

허우도라고
아십니까?

○
○
○

시댁 앞에서 바라본 선창가의 바닷가입니다.

잠깐 짬이 나서 커피 타 갖고 밖으로 나와 여유를 갖고 있지만, 날씨가 흐려서 뿌연 안개가 낀 것처럼 보이는 바닷가가 오늘은 포근하게 느껴집니다.

어제는 비가 너무 많이 와서 동생들이 들어 올 수 있을까 걱정을 했다고 하는데 이렇게 날이 흐리기만……

해미다 그랬거든요. 늘 하루 이틀 전에 그렇게 비가 내리다가 당일이면 비가 멈추더랍니다.

밤이면 간간이 보이는 바다 한가운데 고기잡이 어선 몇 척이 불을 밝힌 채 먹색의 까아만 바다 위에 둥실둥실 떠 있는 거 보면 그 불빛이 잔잔하게 마치 엄마가 불러 주는 자장가같이 따뜻한 불빛으로 보이기도 합니다.

섬이 작아서 몇 가구 안 살지만 그래도 낚시 지정 섬이라 이따금 낚시꾼들이 들어와 선창가에서 바다낚시 하는 사람들이 종종 보이기도 하고요.

지금도 선창가에서 낚시를 여유롭게 즐기는 강태공의 모습이 보입니다. 초창기에 여기 들어왔을 때는 낚시하러 들어오는 사람들이 이해가 안 갔거든요.

도대체 이곳에 뭐 볼 것이 있다고 이 작은 섬으로 들어왔을까 했었는데 지금은 여기 들어오는 강태공들의 마음이 지금 내가 생각하고 있는 것과 같지 않을까 싶습니다.

맑은 새소리 지지배배 울어대고 고요한 파도 소리 일렁이고 사람이 살기나 할까 하는 그만큼 조용한 이 섬에서 그나마 구속받지 않고 나 혼자만의 사색에 잠겨 수많은 생각과 정리 그리곤, 힐링을 할 수 있어서가 아닌가 싶기도 하고 재잘거리는 새소리가 내게 기분이 어떠냐고 묻는 거 같습니다.

여유롭게 음미하는 차 한 잔의 지금 이 시각이 내겐 힐링하는 시간입니다.

이제 본연의 업무에 충실 하러 갑니다.

어디로?

홍홍~ 며느리 역할 하러 부엌으로 이제 서서히 준비해야 합니다. 섬이라 그런지 제사를 모시는 시간이 육지보다는 많이 빠르답니다.

밤에는 선창가에 나올 엄두를 못 내요.

모기가, 모기가……

야들은 나 닮았는지 잠도 안 자고 밤새도록 사람만 따라다니
면서 어찌나 귀찮게 하던지 옷을 입고 있어도 물어뜯습니다.

그럼에도 불구하고 이 밤바다의 느낌 아시죠?

그냥 눈감고 조용히 즐겨보세요.

그럼 파도 소리가 들릴 거예요.

차알싹 차알싹~~~ 하면서……

그 소리가 허우도에서 밤바다의 파도 소리라고 하고 싶습니다.

혼자
훌쩍 떠나는 여행

○
○
○

누구나 꿈을 꾸겠지.
몇 날 며칠 홀로 여행을 하는 꿈!

자동차 뒷좌석에 짐 꾸러미를
챙기고 홀로 훌쩍 떠나는
여행을 하고 싶어 늘 꿈을 꾼다.

목적지 없이 가다가 멈추는 그곳이
머물고 싶은 여행지가 되어
만나는 사람들과 정담을 나누기도 하고

길 떠나 여행을 하는 어느 곳
허름한 집에 눈길이 닿아 잠을
청할 수 있으면 그곳에서 달과 별을
친구 삼아 쉬어갔으면 좋겠다.

몇 채 안 되는 시골 동네의
구멍가게에서 향이 그윽한 연한
원두커피 대신 진한 향이

코를 자극하는 구수한 밀크커피 한잔에
그들만의 삶의 애환도 들어보고

한적한 시골 동네를 달리다가
길가에 흐드러지게 피어있는
이름 모를 야생화들이 예뻐
잠시 멈추어서 꽃들과
시선을 맞추고 코끝으로 향을
맡아보는 여유도 가져보고 싶고

한가로운 외길을 달리다가
시선이 닿는 하늘과 산 그리고
들의 바람과 상큼한 공기를
자동차 창문을 열고
밖으로 내민 손에 바람을 가르면서

가슴마저도 시원해지는 여행으로
혼자 떠나는 여행을 해보고 싶다.

홀로
서기

○
○
○

사람은 누구나 외로움을 느끼며 산다고 하지만 그 외로움이라는 것이 옆에 있어서 외로운 것과 아무도 없을 때 느끼는 외로움은 분명 다른 차이가 있을 것이다.

옆에 누군가가 있어서 느끼는 외로움과 아무도 없을 때 느끼는 외로움 중에 어떤 것이 더 가슴 시리고 절절하게 느껴질까 있어도 남처럼 느끼는 타인 같은 사람, 있어도 남보다 못한 사람이라면 없어서 느끼는 외로움보다 더 갈증이 나지 않을까

착각과 자만심에 우월하다고 생각하고 사는 사람도 있지만 변변하게 내 새울 것도 없고 그렇다고 성격이 좋은 것도 아니고 자신만 믿고 하물며 가족도 믿지 못하는 사람이 옆에 있을 때는 차라리 홀로 느끼는 외로움이 더 나을지도 모르겠다.

사회생활을 하면서 잘못 배운 대인 관계와 과거에 다른 사람에게서 입었던 상처 그리고 만나는 사람들에게서 느끼는, 아니 다시 말해 여자 친구들에게서 들었던 행동들과 말들을 비교하는 사람도 있다. 참 어리석게도 그 여자는 헌신적인 내조를 한다고 말한다.

하지만,

내 가정의 깊은 속내는 내 절친이 아니라면 어떤 누구에게도 속내를 말하지 않는다 하더라도 원수 같다고 하거나 당신이 데리고 살아 봐 다 거기서 거기지 이렇게 말을 하기도 한다.

부부지간이라도 지켜야 하는 예우는 분명 있고 상처로 남길 생채기는 만들지 말아야 마음의 문을 닫아버리거나 홀로서기의 준비를 하지 않는다. 요즘 황혼의 이혼율이 높아지는 이유를 그냥 흘려보내면 안 되는 현실이 아닌가 싶다.

부부가 살면서 얼마나 핍박을 받고, 무시를 당하고, 남보다 못한 대우를 받으면서 살았기에 황혼 이혼을 선택할 수밖에 없었는지 상대적으로 생각해 볼 일인 것 같다.

두 얼굴의 가면!

집 안과 밖에서의 확연히 다른 두 얼굴을 가진 사람, 매사에 어긋나거나 자신의 존속 물인 것처럼 손아귀에서 사사건건 트집 잡으면서 자신은 자유로운 생활을 한다면 그것 또한 문제를 일으키는 요인을 만들 수도 있는 것이다.

홀로서기를 준비하는 사람들, 그만큼의 고통을 감수하다 못해 차라리 홀로서기라는 선택을 하지만 중년, 노년의 그 정점까지의 갈림길에 서서 얼마나 많이 힘들고 아팠을까……

흔들리며 피는 꽃

○
○
○

살아가면서 그냥 얻어지는 것은 없나 봅니다. 어떠한 대가를 줘야 그만큼 내면이 강해지고, 생각이 넓어지고, 보는 시야가 넓어지는 식견이 생긴다는 말을 아이들을 보면서 느끼게 되네요. 나 자신이 아프면서 배워 온 삶에서 그리 크게 느끼지 못한 것들을 이제는 자식들을 보면서 또 다른 아픔으로 아이들을 지켜보게 됩니다.

어느새 이렇게 훌쩍 커버렸나 하는 아이들, 아직도 어린애 같기만 했었던 아이들이 자기들 나름대로 아픔과 상처를 치유하는 방법을 터득하고 어른이 되어가려 하는 모습을 보면서 그것 또한 어미로서는 가슴이 아립니다. 대신해줄 수 없는 고뇌와 번뇌들…

군대를 다녀온 아들은 나름대로 고민이 많은지 부모가 걱정할까 봐 말을 안 하지만 얼굴에 그대로 나타나는데 물어봐도 대답을 안 하고 그냥 아무 일 없다고만 하는 아이를 지켜봐야만 하는지 참으로 답답할 때도 더러는 있는데 그렇다고 다그칠 수도 없다 오히려 더 말을 안 할까 봐 그냥 지금은 기다려주는 수밖에 없는 것 같습니다.

유럽 배낭여행을 다녀온 딸아이 또한 오늘 참 많은 이야기를 하면서 속내를 드러내는 모습에서 어느새 너도 이렇게 어른이 되었구나 하는 안쓰러운 마음이 드는 것이 이것이 어미인가 봅니다. 비록 여행 날짜를 단축 시켜서 본의 아니게 들어오기는 했지만 그래도 40일간의 배낭여행을 하면서 생각했던 자기 인생관이라든가 가족에 대해서 많은 생각을 했다면서 이런저런 이야기를 하는데 아이가 이런 말을 합니다. 엄마 딸이라서 너무 감사하고, 학교 다닐 때는 일찍 들어오라 뭐해라 하면 오히려 튕겨 나가고 싶었는데 요즘은 많이 풀어준 거 같아서 오히려 더 행동을 조심하게 되고 엄마가 믿어주니까 나쁜 행동이나 말을 할 수가 없다는 말을 하는 모습을 보면서, 꽃도 흔들리며 피는데 너희라고 이 험한 세상을 살면서 어떻게 흔들리지 않고 어른이 되어갈 수 있을까, 그것이 아이들이 세상 살아가는 방법을 터득하는 것이겠지요.

흔들리며 피는 꽃다운 아이들,
흔들리며 세상을 알아가는 아이들,
흔들리며 내면을 튼실하게 만들어가는 아이들.

흔들리며 어른이 되어가지만 그래도 곱고 예쁘게 피는 꽃이었으면 좋겠는데, 그래도 세상에 내던져진 아이들이 모든 사람 속에서 살아가는 방법을 배우고, 아이들만의 세상을 꿈꾸어 왔을 그런 꿈들에 아물기 어려운 생채기가 나더라도 인생이라는 것을 자기 스스로 항해하고 자신들만의 세상을 꿈꾸어 왔을 그런 꿈들이 흔들리며 배워나가겠지만, 그 꿈에 상처가 나고 시련이 올지라도 스스로 아픔을 치유할 수 있으면 좋겠다는 어미의 바람이기도 합니다.

힘들고 지치면

잠시

가다 보면 생각이 머물지 않아도
몸이 먼저 반응을 하여
걸음이 멈추는 그곳이
마음이 쉬어 가는 쉼터일지도 모른다.

힘들고 지치면 잠시
길 다방 자판기 커피 한잔으로
길모퉁이
가로등에 기대어 쉬어 가기도 하고

힘들고 지치면 잠시
길거리에 배치되어 앉을 수 있는
곳이라면 잠시 앉아 쉬어 가기도 하고

힘들고 지치면 잠시
내 안의

나와 마주 앉아 이야기를 나누면서
마음을 헤아려 보는 것도 괜찮다.

힘들고 지치면 잠시
지나가는 행인들의 바쁜 발걸음과
저마다
다른 표정들로 움직이는 사람들 속에서
내 마음을 들키기라도 한 듯
나와 닮은
표정을 하는 사람을 만나기도 한다.

그런 시간을 가질 수 있고
목적지가 없는 발길 닿는 대로
쉬어 갈 수 있는 그곳이 어느 곳이든

힘들고 지치면 잠시
쉬어가며 세상 살아가는
삶을 바라보는 것도 좋을 거 같다.

힘들다고
말한들

○
○
○

시간이 같기도 틀리기도 한 둥그런 지구 안에 살면서 좋은 날
만 있을까.
모든 사람이 똑같은 표정을 하고 똑같은 마음으로 살아가고
똑같은 일상생활이 된다면 재미없잖아.

표현하면서 하소연하는 사람,
표현하지 못하고 속을 태우는 사람으로 사는 것이지.
우는 아이 젖 준다고 했던 가, 하지만 반복되는 울음과 하소연
은 도리어 무관심하게 되더라.

살면서 힘들어 보지 않은 사람이 있을까,
살면서 울어 보지 않은 사람이 있을까,
내가 힘들 땐 세상을 둘러보아도 나만 힘든 것처럼 느껴지는
것이더라.

난 있잖아.

내가 힘들고 아플 때는 더 말을 못해 내가 힘들고 아프다는 내
색을 하면 그들이 더 아파할까 봐 그들이 내 걱정할까 봐.

힘들다고 말한들 원하는 만큼 다 채워지지 않으니까 혼자서
조용히 지나가 버릴 때가 더 많아.

초판 1쇄 인쇄 2016년 08월 08일
초판 1쇄 발행 2016년 08월 12일

지은이 박정숙
펴낸이 김양수
편집 김지현

펴낸곳 도서출판 맑은샘   **출판등록** 제2012-000035
주소 (우 10387) 경기도 고양시 일산서구 중앙로 1456(주엽동) 서현프라자 604호
대표전화 031.906.5006   **팩스** 031.906.5079
이메일 okbook1234@naver.com   **홈페이지** www.booksam.co.kr

ISBN 979-11-5778-146-1 (03800)

*이 책의 국립중앙도서관 출판시도서목록은 서지정보유통지원시스템 홈페이지(http://seoji.
nl.go.kr)와 국가자료공동목록시스템(http://www.nl.go.kr/kolisnet)에서 이용하실 수 있습니다.
(CIP제어번호 : CIP2016019084)